为了人与书的相遇

FEAR AND LOATHING IN LAS VEGAS

惧恨拉斯维加斯

一场直捣美国梦的凶蛮之旅

Hunter S. Thompson
[美] 亨特 · S. 汤普森 著
经雷 译

广西师范大学出版社
· 桂林 ·

图书在版编目(CIP)数据

惧恨拉斯维加斯：一场直捣美国梦的凶蛮之旅 /（美）亨特·S. 汤普森著；经雷译.
-- 桂林：广西师范大学出版社，2016.9
ISBN 978-7-5495-8549-6
Ⅰ.①惧… Ⅱ.①亨… ②经… Ⅲ.①长篇小说－美国
－现代 Ⅳ.①I712.45
中国版本图书馆 CIP 数据核字（2016）第 191456 号

广西师范大学出版社出版发行
桂林市中华路22号 邮政编码：541001
网址：www.bbtpress.com

出 版 人：张艺兵
全国新华书店经销
发行热线：010-64284815
山东鸿君杰文化发展有限公司印刷

开本：850mm × 1168mm 1/32
印张：8.25 字数：130千字
2016年9月第1版 2016年9月第1次印刷
定价：38.00元

本书献给鲍勃·盖革，

原因在此不必多说；

——也献给鲍勃·迪伦，

因为《铃鼓先生》。

让自己成为野兽，

则除却为人之苦。

——约翰逊博士

第一篇

药劲上来的时候，我们在沙漠边缘的巴斯托附近。“我有点晕，要不你来开……”我记得好像说了这么一句。接着四面传来吓人的吼声，天上飞满了巨型蝙蝠似的东西，在汽车周围扑腾、尖叫、俯冲，我们的车敞着篷，正以一百英里时速驶向拉斯维加斯。传来一声嘶吼：“上帝啊！这都他妈什么东西？”

接着又安静了下来。我的律师已经把衣服脱了往胸口倒啤酒，要加快晒皮上色的进度。“你瞎喊什么呢？”他嘟囔着，闭上眼睛朝向太阳，戴着包边的西班牙太阳镜。“算了，”我说，“轮到你开了。”我踩了一脚刹车，把“大红鲨”停上路肩。没必要跟他提那些蝙蝠，我心想。可怜的狗东西，很快就能看个够了。

已经快中午，还有一百多英里要走。这段路会很艰难。我知道我俩很快就要被药劲炸上天了。但是我们没路可退，也没时间休息。我们必须一路开出去。传奇般的“名特 400”[1] 大赛已经开始媒体检录了，4 点以前必须赶到那里，要一间隔音套房。纽约的一个时髦体育杂志已经订好了房间，还有这辆红色雪佛兰敞篷车，我们刚从日落大道的一个停车场租来的……最后，我是一个职业记者；所以我的职责是报道，是好是坏就另说了。

体育杂志编辑还给了我三百块现金，大多已经用来买极度危险的药物。汽车后备箱就像一间警用移动麻醉药实验室。我们有两袋草[2]，七十五颗麦司卡林，五张高强度的迷幻墨纸，半个盐瓶的可卡因，还有一大堆花花绿绿的药——提神的、镇静的、尖叫的、发笑的，还有一夸脱龙舌兰酒，一夸脱朗姆酒，一箱百威，一品脱纯乙醚，两打爱靡儿（amyl）。

这些都是昨晚搜罗来的，我们的车以疯狂的高速跑遍洛杉矶县——从托潘加到瓦茨，有什么拿什么。倒不是说这一趟真需要这么些药，只是如此严重的藏毒行为，一旦陷进去你就会忍不住尽可能加码。

唯一真正让我担心的是乙醚。这世上没有什么比泡

[1] The Mint 400，美国著名的越野拉力赛，每年在内华达州沙漠举行。1988 年赛事被取消，2008 年恢复。

[2] 对大麻的俗称。

在乙醚里的人更不可救药、不负责任、不知廉耻。我知道我们很快就会栽进这些烂玩意儿里。可能就在下一个加油站。几乎每种都尝过了——是的，是时候吸上一大口乙醚了。让接下来的一百里路在恐怖、语无伦次的痉挛性昏呆中度过。用了乙醚后，唯一保持清醒的方法是嗅很多的爱靡儿——不能一起上，得一点点来，刚刚好够我们保持注意力，以九十英里时速通过巴斯托就行。

"我说，这才叫旅行啊。"我的律师说。他俯身把电台音量调高，跟着音乐的节奏哼哼，还唱了这么几句词："多抽那么一口，美得我呀……多抽那么一口……"[1]

抽一口？可怜的蠢货！等你看到那些混账蝙蝠再说吧。我几乎听不到电台了……正蜷在座椅另一头，抓着一个录音机，把声音调到最大听《同情魔鬼》("Sympathy for the Devil")。我们就这么一盒磁带，所以一遍又一遍地反复放，像个唱和着电台的神经病。同时也是为了维持行车的节奏。稳定的速度有利于省油——出于某些原因，这一点现在很重要。真的。这样的出行一定要小心油耗。要避免那种把血都推向后脑勺的突然加速。

[1] 民谣摇滚组合 Brewer & Shipley 的名曲《多抽了那么一口》("One Toke Over the Line")。

我的律师早就看到了那个搭车的。“咱们捎这孩子一程吧。”他说。我还没来得及说什么他就停车了，这个可怜的俄州乡下孩子跑过来，脸上堆着笑说：“呦嘿！这辈子还没坐过敞篷车呢！”

“真的啊？”我说。“好吧，我看你应该准备好了吧？”

小孩热切地点着头，我们轰隆隆地上路了。

“我们是你的朋友，”我的律师说，“我们跟其他人不一样。”

天呐，我心想，他这是快要发作了。我严厉地说：“别这么说话。再这样我往你身上放水蛭。”他笑了笑，看上去是听明白了。还好，车里的噪音太大——又是风声又是电台，还有录音机——后座的小孩应该什么也听不见。应该是吧？

我们能憋多久？我在想。什么时候我们中的一个会开始朝这小孩咆哮絮叨呢？到时他会怎么想？这片荒无人烟的沙漠，正是曼森家族[1]的最后归宿。等我的律师开始尖叫着说天上掉蝙蝠和大蝠鲼的时候，他会不会产生这个可怕的联想？如果真是这样——那我们就只能砍了他的头，找个地方把他埋了。因为显然是不能放他走的。他会立马

[1] 查理·曼森创建的杀人集团。

向某个偏远地区的纳粹司法机关报案，然后我们就被人像狗一样追捕。

上帝！我说出来了吗？还是只是在想？我说话了？他们听见了？我瞥了一眼律师，但他看起来满不在乎——正盯着路，以一百一左右的速度开着“大红鲨”。后座没声音。

可能我还是该跟这男孩聊两句，我心想。也许经我一解释，他能放松下来。

那是自然。我转过身，给了他一个灿烂的笑脸……赞美了他的脑壳形状。

“顺便说一句，”我说，“有个事可能你得弄清楚。”

他眼睛直溜溜地盯着我。他是在咬牙关么？

“听得见我说话吗？”我冲他喊。

他点点头。

“那就好，”我说，“因为我想告诉你，我们这是要去拉斯维加斯寻找美国梦。”我笑了笑。“所以我们才租了这车。只有这样才行。你能理解吗？”

他又点点头，但眼神看上去很紧张。

“我想让你多了解一下背景，”我说，“因为这是个很凶险的任务——个人是要经历极端危险的……哎呀，我完全忘了啤酒这一茬；来一罐吗？”

他摇摇头。

“要不来点乙醚？”我说。

“啥？”

“算了。我直接说要紧的吧。你看啊，大概二十四小时之前，我们坐在贝弗利山酒店的波罗酒廊里——当然是在露台那了——我们正坐在一棵棕榈树下，有个穿制服的侏儒走过来，给我了一个粉红色电话，说：‘您肯定一直在等这个电话吧，先生。’”

我笑着，打开一罐啤酒，喷得后座到处都是，但我没停。“你猜怎么着？他说的没错！我的确在等那个电话，但我不知道是谁打来的。你听得明白吗？”

男孩脸上蒙着一层纯粹的恐惧和困惑。

我继续磕磕绊绊地说：“我要告诉你，把着方向盘的这位是我的律师！他可不是我从赌城长街捡来的破烂。嚯，你瞧瞧他！他跟你我不一样，是吧？因为他是个外国人。我认为他可能是萨摩亚人。但这无所谓，对吧？你有偏见吗？”

“噢，绝对不会！”他脱口而出。

“我也是，”我说，“因为虽然他是这个种族，他对我还是很重要。”我瞄了一眼律师，他的心思已经不知飞到哪里去了。

我挥拳往司机座椅背猛捶了一下。“这个很重要，妈的！这是个真实的故事！”汽车晃了几下，让我觉得头晕，然后又恢复了正常。“你他妈的别碰我脖子！”我的律师尖叫着。后座的小孩看上去应该已经准备好跳车逃生了。

我们的气氛在恶化——这是为什么呢？我感到困惑和挫败。难道这车里就不能交流吗？难道我们已经堕落成了没脑子的畜生了？

因为我的故事就是真的。我很有信心。而且，要想弄清我们这次旅行的意义，我感觉这一点是极其重要的。我们的确是坐在波罗酒廊里——坐了几个钟头——喝着“新加坡司令”配麦司卡林，还有当追水用的啤酒。电话来的时候，我已经准备好了。

据我的回忆，小矮人警惕地靠近我们的桌子，他把粉红色电话给我后，我什么也没说，基本上就听着。然后我挂了电话，转过脸去对律师说：“总部打来的，他们要我们立刻去拉斯维加斯，和一个叫拉塞尔达的葡萄牙摄影师联系。具体得问他。我只要办个酒店套房入住就行了，他会找上门来的。”

我的律师沉默了许久，突然从椅子上活了过来。“我的老天爷啊！”他大喊道。“我觉得我看出规律了。这回看起来真是麻烦大了！”他把卡其布汗衫塞到他那条白色人造丝喇叭裤里，又叫了些喝的。“要想了解这事，你需要很多的法律建议，”他说，“我的第一个建议是你得租一辆特别快的车，没车顶的，逃出洛杉矶至少得四十八小时。”他悲痛地摇着头。“这可把我的周末给毁了，因为我自然是要跟你一起去的——还有，咱得弄把枪。”

“那有什么不行的？”我说。“如果一个事有必要去做，那就该做好。上路前我们需要弄些像样的装备，还有足够的现金——要是能弄些药就好了，还有一个超灵敏录音机，好做永久性的记录。”

“这是要写什么？”他问。

“名特 400，”我说，“专业体育运动史上最豪华的摩托和沙地越野车赛——是场盛事奇观，为了纪念某个叫德尔·韦伯的满身肥膘的意大利佬办的，这人在拉斯维加斯市中心开了一家豪华酒店叫名特……反正新闻通稿是这么说的；纽约那边的人刚读给我听。”

“好吧，”他说，“作为你的律师，我建议你买一台摩托车。要不你怎么可能正确报道这件事呢？”

“不可能，”我说，“我们上哪儿弄一台文森特暗影去？”

“什么影？”

“一种很厉害的摩托，”我说，“最新款排量是两千立方英寸，在每分钟四千的转速下能产生两百匹制动马力，镁合金车架，两个聚苯乙烯坐垫，整车重量刚好两百磅。”

“好像挺适合这个比赛的。”他说。

“肯定行，”我向他保证，“这个畜生不怎么会拐弯，但是在直道上绝对是个魔鬼。它能把离地前的 F-111 给比下去。”

“离地？”他说。“咱们应付得了这么大的扭矩力吗？”

“没问题的，”我说，“我会打给纽约要点现金。”

2

从贝弗利山一头母猪那儿抄到三百块

纽约那边的人没听说过文森特暗影：他们叫我跟洛杉矶的办事处联系——就在贝弗利山，跟波罗酒廊只隔几个大街区——但等我们到了那儿，管钱的女人说顶多给我三百块。她说，她完全不认识我，当时我浑身都在冒汗。我的血在加州显得太稠了：在这种气候下，我从来不知道怎么合理地辩解。就这么汗流浃背……眼红、手抖，肯定是不行的。

所以我拿上三百块就走了。我的律师在街角一个酒吧等着。“这是不够的，”他说，“除非我们有无限透支的信用卡。”我向他保证会有的。“你们萨摩亚人都一个样，”我对他说，“你们就是信不过正派到骨子里的白人文化。妈的，一小时前我们还坐在那个臭烘烘的小酒吧里，一个子儿也没有，挺尸似的过着周末，然后一个电话过来，某个纽约的陌生人要我去趟拉斯维加斯，管吃管住——然后叫我去贝弗利山的一个什么办公室，另一个彻底不认识的人给了我三百块绿油油的票子，完全无需理由……告诉你，我的朋友，这是活生生的美国梦！要是不骑着这个大鱼雷一冲到底，我们就是大傻蛋。”

“没错，”他说，“我们一定得干。”

“是的，”我说，“但是首先我们需要车。然后是可卡因。然后是录音机，用来放特别的音乐，还需要几件阿卡普尔科衫。”我感觉要准备这么一趟旅行，一定得穿得像个孔雀似的，要发疯才行，然后一路嘶喊着穿过沙漠，对整件事做个报道。一定不能忘了首要的职责。

但是到底要什么故事？谁都懒得说。所以我们得自己想办法撺掇。自由事业。美国梦。在拉斯维加斯嗑药成狂的霍瑞修·爱尔杰[1]。动手吧，就现在：来场真正的刚左新闻报道（Gonzo journalism）[2]。

这里面还有点社会心理的成分。你的生活时不时总会遇到麻烦，各色小人都企图接近你，唯一的对策是满载着穷凶极恶的化学药剂，不知死活地从好莱坞一路疯跑到拉斯维加斯。在荒漠大太阳下晒着，就像躺在它的子宫里。

---

[1] 霍瑞修·爱尔杰（Horatio Alger，1832—1899）是 19 世纪美国一位家喻户晓的小说家，阐述“美国梦”的代表作家，情节不脱“穷小子经过奋斗终成巨富”这一模式。

[2] 亨特·汤普森是 1960 年代“新新闻”（他称之为“刚左新闻”，或“荒诞新闻”）运动的先锋，用个人化的小说笔法来写新闻故事，融合想象力和新闻采访技巧。

把车顶掀开，扣紧了，脸上抹好晒肤油，音乐开到最大，然后就可以上路了，还有至少带一品脱乙醚。

药轻松就到手了，但是在礼拜五下午 6 点半的好莱坞，找车和录音机可不容易。我手头有辆车，但是在沙漠上开实在太小太慢。我们去了一个波利尼西亚人的酒吧，我的律师在那儿打了十七个电话，总算是找到一辆马力够用、颜色合适的敞篷车。

“帮我留着，”我听见他跟电话那头说，“我们三十分钟内赶过来交易。”他停了一会，然后开始大叫：“什么？那位先生当然有正经的大银行信用卡！你知道你在跟谁说话吗？”

“不用跟这帮杂碎废话。”趁他摔电话的时候，我对他说。“现在我们得找一个音响店，最好的那种。不能要小巧的。我们需要那种东西，新款的‘比利时太阳能’，带一支语音激活的枪式话筒，可以录迎面来车里的对话。”

我们又打了好几个电话，最后总算在五英里以外的一个店里找到了我们要的器材。他们已经到下班时间了，不过营业员说如果我们着急他可以等。可是我们在路上还是被拖住了，在我们前面有辆雪佛兰魟鱼在日落大道撞死一个路人。等我们到那儿的时候，店门已经关了。里面有两个人，起初不愿意往双层玻璃门这边靠近，但我们用吼叫表明了我们的立场。

两个店员总算挥舞着撬棍过来了，我们透过一条窄缝谈妥了交易。他们把门开到刚刚好能把器材推出来，紧接着马上就关门上锁了。其中一个人从缝里嚷道 :“拿着东西赶紧滚吧。”

我的律师向他们挥舞着拳头。“你们等着，”他叫喊着，“有朝一日我会把这里炸个底朝天！货单上可有你的名字！我会找到你的住处，一把火烧了它！”

“让他过个嘴瘾吧，”里面的人嘟囔着目送我们出发，“反正这人就是一疯子。他们的样子很好认。”我们在租车公司又惹上了麻烦。我签完所有的文件就上车了，在倒车穿过停车场去油泵的路上车子几乎失控。租车的人显然是吓着了。

“我说……呃……你们两位，能小心着点行么？”

“没问题。”

“我的妈呀！”他说。“你刚才倒着车碾过了两英尺高的水泥墩子，都不带减速的！倒着开四十五迈啊！差一点就撞上油泵了！”

“不都好好的吗？”我说。“我从来就是这么试变速器的。用屁股上。可以舒压。”与此同时，我的律师正忙着把朗姆酒和冰块从福特平托转移到敞篷车的后座上。租车商紧张地看着他。

“呃，你们在喝酒？”他说。

“我不喝。”我说。

“你就给我加满油吧，”我的律师呵斥道，“我们时间紧着呢。我们要去拉斯维加斯参加沙漠赛车。”

“什么？”

“甭理他，”我说，“我们都是很负责的人。”看着他把油箱盖拧上后，我挂上低速挡，扭扭歪歪地挤进了车流。

“又是个瞎操心的人，”我的律师说，“说不定刚吃了快速丸[1]已经飞上天了呢。”

“是啊，你应该给他点红中[2]。”

“红中对这种猪没用，”他说，“管他呢。出发前我们还有好些事要处理。”

“我想弄两件神父的长袍，”我说，“在拉斯维加斯应该挺管用的。”但是戏装店都关门了，我们也不打算连夜去教堂偷。“何必呢？”我的律师说。“别忘了，好多警察都是心狠手辣的天主教徒。要是我们正吃药喝酒飞得老高

[1] 快速丸（speed），苯丙胺（安非他命）的俗称。

[2] 红中（reds），西可巴比妥的俗称。

的时候，被这帮杂种给逮住了，还穿着偷来的法衣，那还不把我们给阉了！”

“你是对的，”我说，“还有，别在等红灯的时候抽烟斗了，算我求你。人都看着呢。”

他点点头。“我们需要一个大水烟筒子。放在座椅上，看不见的地方。要是有人看见我们，一定以为我们在吸氧。”

那一晚我们继续搜罗物资装车。然后我们吃了麦司卡林，去海里游了一通。天蒙蒙亮的时候在马里布的一家咖啡馆吃了早饭，接着小心翼翼地开车穿过市区，一头扎进大雾笼罩着的帕萨迪纳高速公路，向东进发。

3

沙漠里的怪药……一次信心危机

搭车客说他“这辈子没坐过敞篷车”，这事一直隐隐约约在我脑子里打转。这个可怜的怪胎活在一个满是敞篷车的世界，整天看着它们从身边嗖嗖掠过，居然从来没坐过。我感觉自己成了末代法老。我有意说服我的律师把车开到附近的机场去，在那儿签署一些简单的普通法合约，好把车送给这个倒霉蛋。直接跟他说 :“在这儿签个字，车就是你的了。”把钥匙给他，然后用信用卡刷一架喷气机，飞到迈阿密之类的地方，再租一辆通身火苹果色的大块头敞篷车，药力马力加到最大掠过水面，径直冲向最后一站基韦斯特[1]……然后把车卖了买艘船。一直就这么下去。

不过这个疯狂的念头很快就打消了。这么一个与世无争的孩子，何苦弄得他蹲大狱呢——而且，车我还有用。

---

[1] 基韦斯特（Key West），美国本土最南的城市，1号公路的南端，位于佛罗里达群岛西南端的珊瑚岛。

我还想开着这玩意在拉斯维加斯大街上乱窜呢。说不定还可以在长街玩一把直线竞速：停在弗拉明哥酒店的大红绿灯前，对着车流狂叫：

“来吧，你们这帮软蛋！怂包！一等变灯我就一脚油门，把你们这些个窝囊废都给轰到路边去！”

没错。在这堆杂碎的地盘上挑战他们。晃晃悠悠地在人行道嘎一声刹住车，一手拿瓶朗姆酒，一手胡乱按喇叭把音乐声盖过……金边飞车党太阳镜的黑色镜片后，闪烁着发狂的目光，满口胡言乱语地尖叫……一个真正危险的醉鬼，浑身散发着乙醚和晚期精神病症的气息。把引擎轰到最高点，发出刺耳可怕的哀鸣，等待着变灯……

一辈子能有几次这样的机会？专挑让这帮狗东西最恼火的事做。大象老了会一瘸一拐地上山等死；美国人老了上高速公路，开着大块头汽车一直开到死。

但我们这趟旅行非同一般。它要对民族性格中一切正确和真实的东西进行一次经典验证。这是要向美国生活幻异万千的可能性——仅限于那些真正有胆量的人——做一次粗野的、肉体的致敬。而我们，可浑身上下都是胆子。

虽然有种族缺陷，我的律师对这个概念还是理解的，不过我们的搭车客就没那么好对付了。他说他理解，但从他的眼神看得出没有。他骗我呢。

汽车猛地靠向路边，在碎石地上停了下来。我一头撞向仪表盘。我的律师趴在方向盘上。“怎么了？”我喊道。“我们不能停在这里。这里是蝙蝠国！”

“我的心脏，”他呻吟着，“药在哪？”

“噢，”我说，“药，对了，就在这儿。”我伸手到工具包里找爱靡儿。那孩子看上去真是被吓坏了。“别担心，”我说，“这人心脏不好——心绞痛。但我们有办法治。没错，就是这个。”我从铁盒子里捡出四枚药，给了我的律师两枚。他立刻捏碎一个放在鼻孔，我也一样。

他猛地吸了一口，然后靠在了座椅上，眼睛直溜溜盯着太阳。“把狗日的音乐打开！”他尖叫着。“我的心脏猛得像只短吻鳄！”

“音量！清晰度！低音！我们必须有低音！”他抡着光溜溜的膀子在空中挥舞。“我们这是怎么了？我们是他妈老太太吗？”

我把收音机和录音机都开到了最大。“你个不要脸的下流胚，”我说，“说话文明点！你可是在跟一个新闻学博士说话！”

他发狂地笑着。“我们在这沙漠里干什么呢？”他叫道。“打电话报警！我们需要救援！”

"别理这头猪，"我对搭车的说，"他药劲发作扛不住了。其实呢，我们都是新闻学博士，我们要去拉斯维加斯报道我们这个时代的重大事件。"然后我开始笑……

我的律师转过身来对着搭车客。"其实啊，"他说，"我们俩是要去找一个叫野人亨利的海洛因毒枭算账。我认识他好些年了，但他坑了我们——你知道坑人是什么意思吧？"

我想让他闭嘴，但我们两人都没法止住笑。我们的心脏都有问题，在这沙漠待着算他妈怎么回事？

"野人亨利把他的支票兑现了！"我的律师对着后座的孩子怒吼。"我们要去把他的肺给扯出来！"

"扯出来吃了！"我脱口而出。"那狗东西别想就这么算了！这么个人渣，居然把堂堂新闻学博士当猴耍，这国家是怎么了？"

没人搭腔。我的律师在吸第二颗爱靡儿，那孩子已经手忙脚乱地从后座爬到后盖上试图下车。"谢谢你们搭上我，"他大声说，"非常感谢。我喜欢你们二位。甭理我。"他双脚踩到了柏油路上，转身往贝克尔方向跑。在这片大荒漠里，一眼望去连棵树都没有。

"等一下，"我喊道，"回来喝口啤酒。"但他显然已经听不见我的声音了。音乐很响，而他正以极高的速度远离我们。

“可算松了口气，”我的律师说，“我们刚才是跟个真正的怪物在一起。那孩子让我紧张。你看见他的眼睛了吗？”他还在笑。“上帝啊，”他说，“这药真不错。”

我打开门，晃悠着绕到驾驶座那边。“让开，”我说，“我来开。我们必须得在那孩子找到警察之前离开加州。”

“得了吧，那得要几个钟头呢，”我的律师说，“他怎么也得走上几百里路才能到有人烟的地方。”

“我们也是。”我说。

“咱们掉头回波罗酒廊吧，”他说，“他们肯定不会找到那儿去。”

我没理他。“把龙舌兰开了。”我叫道，呼啸的风声重新又在耳边响起；我一脚踩下油门，汽车回到高速路上。过了一会，他捧着地图凑过来。“前面有个叫麦司卡尔泉的地方，”他说，“作为你的律师，我建议你停下来在那儿游个泳。”

我摇摇头。“必须在媒体报到期限前赶到名特酒店，”我说，“否则住店的钱就得我们自己掏了。”

他点点头。“但是咱们就别扯那些什么美国梦的屁话了，”他说，“伟大的萨摩亚梦才是要紧事。”他在工具包里翻找着。“我觉得是时候来一片吸墨纸了，”他说，“那种便宜麦司卡林早没劲了，还有那些混账乙醚的气味，我也快受不了。”

“我喜欢啊，”我说，“我们应该用毛巾泡上乙醚，然后放在油门踏板下面，这样我就可以一路熏着到拉斯维加斯了。”

他正在给磁带换面。收音机里传来尖利的声音：“权力属于人民——没错！”约翰·列侬的政治歌，晚了十年。“那个可怜的蠢货应该老老实实待着，”我的律师说，“像这样的小痞子一正经起来准坏事。”

“说到正经，”我说，“我觉得该尝点乙醚和可卡因了。”

“乙醚就算了，”他说，“留着用来泡客房的地毯吧。现在有这个。你的那份阳光吸墨纸。把它们当棒球口香糖给嚼了吧。”

我接过吸墨纸吃了下去。我的律师正笨手笨脚摆弄着装可卡因的盐瓶。打开。撒了。然后尖叫着伸手往空中抓，美味的白色粉末喷洒出来，在荒漠高速路上飘散。“大红鲨”制造了一场昂贵的微型飓风。“天呐！”他哀叹着。“你瞧瞧神都干了些什么！”

“不是神干的！”我喊道。“是你干的。你他妈是缉毒警吗！从一开始我就烦透了你这些破事，你这头猪！”

“你给我小心点。”他说。他手里突然多了一把黑乎乎的点357马格南左轮。就是那种弹巢做了斜面的柯尔特“巨蟒”短管枪。“这里可是有不少秃鹫，”他说，“明天天亮前你就只剩一堆白骨了。”

“你个臭婊子，”我说，“等到了拉斯维加斯，我要把你剁成个汉堡。身边跟着这么个萨摩亚缉毒特工，你想想到时候贩毒黑帮的人能干出什么来？”

“他们会把咱们两个都宰了，”他说，“野人亨利认得我。妈的，我是你的律师啊。”他突然一下子狂笑起来。“你满脑子都是药啊蠢货。我们要能赶在你变成野兽前到酒店，把房间开了，就是个奇迹。你准备好了么？我们要用化名在一家拉斯维加斯酒店登记入住，这是明目张胆的诈骗，还一脑子迷幻药？”他又笑起来，然后一头扎下去，把鼻子凑向盐瓶，用一张二十美元钞票卷成绿卷儿对准剩下的粉末。

“还有多少时间？”我说。

“可能还有三十分钟，”他答道，“作为你的律师，我建议你以最高速行驶。”拉斯维加斯就在前方。在蓝色的沙漠雾霭中，我已经能隐约看到赌城长街的酒店天际线：撒哈拉、地标、亚美利加纳和气势汹汹的雷鸟——一群远在天边的灰色矩形，在仙人掌丛中缓缓升起。

三十分钟。已经很近了。目的地是市中心名特酒店那座大厦——如果我们不能在失去控制之前赶到，目的地就得换成卡森城的内华达州监狱。我去过一次，不过只是去跟囚犯聊聊——不管为了什么，我都不想再去那里了。所以现在别无选择：我们必须接受挑战，去他妈的迷幻药。我们要把那些啰哩啰唆的手续办了，把车开进酒店车库，搞定前台接待，对付行李生，领记者通行证——全都是假的，完全非法，光天化日下的诈骗，不过当然首先得把它干成了。

杀死身体，头脑
也活不了

在我的笔记本里看到这句话，不知道怎么回事。可能跟乔·弗雷泽[1]有点关系。他还活着么？还能说话？我在西雅图看了那场拳赛——离州长大概四排的地方，脑子已经不知在何处。无论怎么看都是一段极其痛苦的经历，六十年代的体面结局：蒂姆·利瑞[2]被埃尔德里奇·克利

[1] 乔·弗雷泽（Joe Frazier，1944—2011），六七十年代著名拳击手。
[2] 蒂姆·利瑞（Tim Leary，1920—1996），美国心理学家，以研究迷幻药著称。

沃尔[1]囚禁在阿尔及利亚，鲍勃·迪伦在格林尼治村坐吃山空，两个肯尼迪都被怪物杀死了，奥斯利[2]在终点岛叠纸巾，到头来卡西乌斯 / 阿里又被一只人肉汉堡、一个垂死的人，暴打了一顿，失去拳王宝座。乔·弗雷泽跟尼克松一样，终于耀武扬威起来，个中原因是许多像我这样的人拒绝领会的——至少不会明着说出来。

……但那是另一个时代了，消耗殆尽的古老时光，距我主嫌恶之 1971 年的残暴现实已经很遥远。这些年来，很多事情都变了。如今我在拉斯维加斯，给一本光鲜靓丽的杂志做赛车编辑，这杂志让我开着“大红鲨”到这里来，至于为什么，没人说得清。“就是去看一眼，”他们说，“剩下的事我们来处理。”

的确。看一眼。但是等我们终于到达名特酒店的时候，我的律师已经无法用花招混过登记入住这一关了。我们被迫跟其他人一起排队等着——事实证明，在那种情况下排队是很困难的。我不断对自己说：“安静，冷静，别说话……别人跟你说话你再说：姓名、职位、所属媒

[1] 埃尔德里奇·克利沃尔（Eldridge Cleaver，1935—1998），美国黑人民权人士，“黑豹党”早期领袖。

[2] 奥斯利·斯坦利（Owsley Stanley，1935—2011），六十年代反文化运动关键人物之一，知名的迷幻药“厨师”。

体，就这些，不要理会这可怕的毒品，假装什么都没发生……”当我猛扑到前台开始喋喋不休时，很难用言语来形容那种恐怖的感受。在那女人冷冰冰的盯视下，我事先精心排练过的台词全都瓦解了。“你好啊，”我说，“我叫……呃，劳尔·杜克……对，名单里有，那是肯定的。免费午餐，终极智慧、全面报道……有什么不行的？我的律师跟我一起来的，当然他不在名单里，但是我们必须拿到那个套房，对，这人其实是我的司机。我们开了一辆‘红鲨’，从长街一直开到这，接下来该去沙漠了，对吧？是。核对一下名单，你能找到的。别担心。到底怎么回事？接着怎么办？”

女人眼都不眨一下。“你的房间还没好，”她说，“但是有人在找你。”

“别啊！”我叫起来。“为什么？我们还什么都没干呢！”我的腿开始发软。我抓住桌子，身子向前压，这时她递过来一只信封，我不肯接。女人的脸开始变了：膨胀、抽动……恐怖的绿下巴和獠牙戳了出来，海鳗鱼脸！致命毒性！我转身倒向我的律师，他一边抓住我的胳膊，一边去拿便条。“我来处理，”他对海鳗鱼脸女人说，“这个人心脏不好，但是我有很多药。我叫刚左博士。立刻准备好我们的套房。我们在酒吧。”女人在他把我带走的时候耸了耸肩。在这个满大街重症神经病的城市，嗑药发狂的人根本没人在意。我们挣扎着穿过拥挤的大堂，在酒吧找到两个座。我的律师要了两杯“解放古巴”，配啤酒和麦司卡尔酒，然后打开信封。“拉塞尔达是谁？”他问。“他在十二层的一个房间等我们。”我记不起来了。拉塞尔达？名字听着耳熟，但是我没法集中注意力。我们身边不停地发生可怕的事情。一只巨大的爬行动物正在啃我身边一个女人的脖子，地毯是一块浸透了鲜血的海绵——没法走人，根本站不稳。“要几双高尔夫鞋，”我小声说，“否则我们没法活着从这里出去。你看那些蜥蜴，在这屎堆里爬来爬去一点问题没有——那是因为它们脚上有爪子。”

“蜥蜴？”他说。“这些你都觉得是个事，看你上了电梯怎么说。”他摘掉他的巴西太阳镜，看得出他哭过。“我上去见那个拉塞尔达，”他说，“我跟他说，我们知道他打的什么主意。他说他是个摄影师，但我一提野人亨利——嗯，这个管用；他吓傻了。我从他眼神里看出来了。他知道我们看透他了。”

“我们有马格南[1]这一点，他了解了吗？”我说。

“没有。但我跟他说我们有文森特暗影。这已经吓得

[1] 指马格南手枪。

他尿裤子了。”

“好的，”我说，“但是我们的房间呢？高尔夫鞋呢？我们他妈的就在这么一个爬行动物公园里！有人在给这些狗东西喂酒！要不了多久它们就要把我们撕成一片片的了！天呐，看看地上！你见过这么多血吗？它们已经杀了多少人了？”我指着房间另一头的一群人，他们好像正在盯着我们。“妈呀，看看那帮人！他们发现我们了。”

“那是媒体桌，”他说，“你要到那儿去登记，拿我们的通行证。妈的，把这些事了结了吧。你来处理，我去拿房间。”

4
恶俗的音乐和霰弹枪齐发的声音……
赌城周六夜的粗野气息

我们在黄昏时分终于拿到了套房，我的律师立刻打电话叫客房服务——点了四份俱乐部三明治、四杯虾鸡尾酒、一夸脱朗姆酒和九个新鲜的葡萄柚。“维生素 C，”他解释道，“有多少就得拿多少。”

我同意。这时候酒已经开始挡住迷幻药，我的幻觉降到了可以忍受的水平。客房服务生的脸隐约有些爬行动物的模样，但我已经看不到巨大的翼龙在鲜血淋漓的走廊上缓缓前行了。唯一的问题是窗外那个硕大的霓虹灯标志，挡住了我们的山景——成千上万个彩色小球沿着一条很复杂的轨迹跑动着，形成奇怪的符号和丝线，发出巨大的嗡鸣声。

“看外面。”我说。

“为什么？”

“天上有个……很大的机器……某种电蛇……直奔我们过来。”

“开枪打它。”我的律师说。

“等等，”我说，“我要观察它的习性。”

他走到墙角，开始拽一根链子，把窗帘给合上了。“这样，”他说，“你这些蛇啊水蛭啊蜥蜴啊必须得停下来了。我受够了。”

“别担心。”我说。

“担心？老天，在酒吧我都要疯了。他们再也不会让我们进那里了——就因为你在媒体桌闹的那一出。”

“哪一出？”

“王八蛋，”他说，“我就走开三分钟！你把那些人都吓出屎来了！挥着那根穿索锥，喊着爬行动物什么的。我及时赶回来是你命大。他们打算叫警察。我说你只是喝多了，我这就带你上楼洗个冷水澡。他们给我们媒体通行证，完全就是为了打发我们离开。”他焦虑地踱步。“老天爷，那一通闹，把我给吓醒了！我得弄点药。你把麦司卡林弄哪去了？”

“工具包。”我说。

他打开包吃了两颗，我开始摆弄卡带。“你最好还是只吃一个，”他说，“你身上药劲还没退。”

我同意。“我们得在天黑前赶到赛道区，”我说，“但是还有时间看一下电视新闻。咱们把这个葡萄柚剖开，做一杯美味的朗姆潘趣，要不再扔张墨纸进去……车在哪儿？”

“我们在停车场把车给人了，”他说，“单据在我的公文包里。”

“号码多少？我给楼下打个电话，让他们给那狗东西洗洗，收拾干净咯。”

“好主意。”他说。但是他找不到单据。

“得了，我们完蛋了，”我说，“没有证据我们肯定没法把车要回来。”他想了一会，拿起电话要求转车库。“我是 850 房的刚左博士，”他说，“我留给你们那辆红色敞篷，我好像把停车票根弄丢了，但是我得洗车，三十分钟后出发。你能送一张票根副本上来吗？……什么……哦？……好，那就行。”他挂了电话，伸手去拿哈希烟斗。“没问题，”他说，“那人认得我。”

“那很好，”我说，“他们可能准备了一张大网子，我们一露面就给兜住。”

他摇摇头。“作为你的律师，我建议你不用替我操心。”电视新闻在说入侵老挝的事——一连串恐怖灾难：爆炸和扭曲的残骸，恐慌中逃离的人，五角大楼的将军们絮叨着疯狂的谎言。“把那破玩意关了！”我的律师尖叫道。“咱们到外边去！”明智之举。取到车没多久，我的律师就进入了嗑药后的昏迷，在主街上闯了一个红灯后我才把事态控制住。我把他弄到副驾驶位子上坐着，自己来开……感觉挺好，感官极端敏锐。在车流里，我看见周围有人在说话，我想听听他们在说什么。所有人。但是杆式话筒在后备箱里，我决定不去拿它了。拉斯维加斯可不是那种能在主街上拿一支黑色火箭筒似的设备对着人的地方。

打开收音机。打开录音机。望着前方的落日。把窗户摇下来，好好嗅一嗅清凉的沙漠风。真好。这才是我要的东西。现在一切都在掌握中了。一个星期六的夜晚，驾车行驶在拉斯维加斯的大街上，两个好小伙坐在一辆火苹果色敞篷车里……恍惚、碎裂、扭曲着……好人。

仁慈的上帝啊！这是什么倒霉音乐？

《凯利中尉战歌》[1]：

> ……我们齐步向前……
> 来到最后的营地，在那太阳之上的土地，
> 司令大人问我说……

[1] 《凯利中尉战歌》，一首歌颂越战期间参与“美莱屠杀”的美国陆军中尉威廉·凯利（William Calley）的歌曲。美莱屠杀是越战期间，美军第 23 步兵师士兵由于怀疑村民掩护越共逃亡，于 1968 年 3 月 16 日在越南美莱村进行的屠杀。这件惨案被认为是越战的分水岭，推动了美国国内的反战情绪。

（他问你什么，拉斯蒂？）

……你是战斗还是逃跑？

（你怎么回他，拉斯蒂？）

……面对他们的步枪火力，我们全力
反击……

不！我实在听不下去了！肯定是药的问题。我瞥了一眼我的律师，但是他正在抬头望天，看得出来，他的脑子已经飞出去了，到了太阳之上的营地。我心想，谢天谢地他听不到这音乐。否则肯定把他逼得要发一通种族主义疯。

老天有眼，歌停了。但是我的心情已经完全被毁……等到恶毒的仙人掌汁液开始起作用，把我变成一个类人类的胆小鬼时，我们突然就到了名特枪械俱乐部那个路口。标志牌上写着“一英里”。但隔着一英里我已经听到二冲程摩托引擎的刺耳嘶鸣了……然后又近了一些，我听到了第二声。

霰弹枪！那低沉的闷响，不可能错。

我停下车。那里到底出什么事了？我把所有窗户都摇上去，缓缓驶离石子路，弯腰躲在轮子后面……直到看见十来个人举着霰弹枪，有节奏地朝天射击。

在这片长着牧豆树的沙漠里，他们站在一块水泥上，那是拉斯维加斯北部荒漠里的一片不规则形状的小绿洲……他们拿着霰弹枪，聚集在离一座水泥平房／碉堡大概五十码的地方，那房子在十棵或十二棵树的树荫下，周围有一些警车、摩托拖车和摩托车。

这当然就是名特枪械俱乐部了！这帮疯子要打靶练习，那是什么也拦不住的。维修站大概有一百个摩托车手、机师和各式各样玩摩托的人在转悠，为明天的比赛作检录，无所事事地啜着啤酒，评价别人的机器——而就在这一切进行着的同时，那些玩枪的眼里只有每隔五秒从弹射器里飞出的飞碟，一次都不落下。

有什么不行的呢？我心想。在尖利的摩托车声制造的混乱中，枪声提供了一个固定的节奏——某种沉稳的低音声线。我找地方停了车，把处在昏迷中的我的律师丢在车里，走向人群。

我买了个啤酒，看着摩托来签到。有很多胡思瓦纳，调门很高的瑞典火球……还有很多雅马哈、川崎，几台凯旋 500，麦哥，偶尔能看到“捷克兵工厂”，一台“纯血”……都是很快、超轻的越野车。这个联盟是没有“野猪”的，连运动者都没……那等于是开着“大红鲨”去参加沙滩车比赛。

也许我可以试试，我心想。把我的律师登记为车手，然后把他送上起点，脑子里灌满了乙醚和迷幻药。他们会怎么办？

谁也不会跟一个疯成那样的人在一条赛道上跑。他会在第一个弯道翻车，撞飞四五辆沙滩车——一次神风突击行动。

“报名费多少？”我问检录员。

“二十五。”他说。

“那我要是用一台文森特暗影呢？”

他瞪着我，没说话，不怎么友好。我注意到他腰带上别着一把点38左轮。“算了，”我说，“反正我的车手也病了。”

他的眼神缓和了一点。“这里生病的可不止你的车手一个，哥们。”

“他嗓子里有块骨头。”我说。

“什么？”

那人表情开始难看起来，但是很快又把视线移向别处。瞪着别的东西……

我的律师，他已经不再戴着丹麦太阳镜，不再穿他的阿卡普尔科衬衫……一个样子非常疯狂的人，半裸着，喘着粗气。

“有什么问题吗？”他用沙哑的声音说。“这个人是我的客户。你准备上法庭吗？”

我勾着他的肩膀轻轻把他转过去。“没事，”我说，“是因为暗影——他们不接受。”

“等一下！”他叫道。“你什么意思，什么叫不接受？你跟这群猪有交易？”

“当然没有，”我边说边把他往门口推，“但你是看到了，他们都带着枪。我们是这里唯一没枪的。你难道听不见外面在开枪？”

他停下来，听了片刻，然后突然开始往车的方向跑。“你们这帮狗东西！”他扭头喊道。“我们会回来的！”

等我们开着“大红鲨”回到高速路上，他能说话了。“耶稣基督啊！咱们怎么能跟这么一群神经错乱的偏执狂搅和到一起？赶紧离开这个鬼地方。那些人渣是想宰了我们啊！”

5
报道……媒体工作一瞥……丑陋与失败

黎明时分，参赛车手已经准备好了。很好的沙漠日出。非常紧张。但是比赛要 9 点才开始，所以我们大概得在维修站隔壁的赌场里消磨掉整整三个钟头，麻烦就是这么开始的。

酒吧 7 点半开张。地下还有一家“咖啡与甜甜圈食堂”（Koffee & donut），但是像我们这种在“马戏–马戏”赌场熬了通宵的人，是没心情喝咖啡吃甜甜圈的。我们需要喝给劲的。我们的脾气很糟糕，这里至少有两百个像我们这样的人，所以酒吧提前开张了。到了 8 点半，玩花旗骰的桌子已经围满了人。整个地方充斥了噪音和醉鬼的叫唤。

一个穿着哈雷 T 恤的精瘦中年痞子大咧咧冲到吧台喊道：“妈的！今天星期几——星期六？”

“应该是星期天吧。”有人答道。

“哈！够受的吧？”哈雷大汉嚷道，但没有具体对着某个人。“昨天晚上我在长滩，有人说他们今天要跑名特 400，我跟我老婆说，‘嘿，我得去’。”他笑着说。“然后她为这事跟我没完没了的……那我就抽她了，然后两个完全不认识的家伙把我弄到人行道上一顿打。妈呀他们可把我给打成傻子了。”

他又笑了起来，边说边钻进人群，似乎也不在乎有没有人在听。“可不么！”他接着说。“然后有一个说，‘你要去哪儿？’我说，‘拉斯维加斯，去名特 400。’然后他们给了我十块钱，开车带我到了汽车站……”他顿了顿。“反正我觉得是他们……

“反正呢，我就是来了。我跟你说，这一晚上可真够难熬的，兄弟！七个小时啊，就在那辆混账巴士上！不过等我醒过来已经天亮了，我到了拉斯维加斯市中心，一开始我都不知道我来这儿是要干什么。我脑子里就一个，‘天呐，又来了：这次是谁要跟我离婚啊？’”

他接过人群里某人递过来的烟，点烟的时候脸上还带着笑。“然后我就想起来了，哎哟！我是冲着名特 400 来的……得了，知道这个就够了。我跟你说，能来这里就挺美的了。我才不管谁赢谁输呢。能来这儿，跟你们这帮人在一块儿就挺美的……”

没人跟他争论。我们都理解。在某些圈子里，“名特 400”是比超级碗、肯塔基德比和下奥克兰旱冰德比决赛加起来都要好上不知多少倍的东西。这项赛事吸引着一个非常特殊的群体，我们这位穿着哈雷恤的爷们显然就是其中一分子。

《生活》杂志的记者同情地点点头，对酒保喊道：“想要什，什，这人，给！”

“快着点，”我哑着嗓子说，“要不来五个？”我张开流着血的手掌拍着桌子。“太对了！给我们来十个！”

“我支持！”《生活》那人叫道。他快抓不住吧台了，正缓缓往下跪，但说话声依然带着绝对的权威。“这是体育史上的魔幻时刻！今后可能再也不会有了！”然后他的话好像开始乱了。“我做过三冠赛，”他嘟哝着，“但是跟这没法比。”

青蛙眼女人着急地拽住他的皮带。“站起来！”她乞求道。“请站起来！你只要能站直了可以是个很帅的男人！”

他狂笑起来。“听着，女士，”他大声说，“我在这下面已经帅得无法抗拒。要是站起来你就要疯了！”

那女人不停地拽他。她用屁股蹭他的手肘已经俩钟头了，现在开始采取行动。《生活》那人完全没兴趣，猛地埋进沙发里。

我扭过头去。太可怕了。我们毕竟是全美体育媒体的绝对精英。我们相聚在拉斯维加斯，是为了一个特殊的任务：报道第四届年度“名特 400”大赛……这种事情，是容不得你胡闹的。

可现在——这场盛事还没开始——已经有迹象表明，我们可能会失去对局面的控制。我们在这美好的内华达州的早晨，清凉明亮的沙漠黎明，在拉斯维加斯城外十英里处一个叫“名特枪械俱乐部”的水泥碉堡和赌场，扒着这个沾满油污的吧台……比赛就要开始了，我们却处在危险的混乱中。

外面那些狂人在摆弄他们的摩托车，在头灯上缠胶带，给前叉上机油，赛前的螺栓紧固（化油器螺丝、歧管螺栓等等）……然后第一批的十台车在 9 点整轰鸣着出发了。场面激动人心，我们都出来看了。令旗一挥，十个可怜的王八蛋踩下离合往第一个弯道冲去，全挤在一起，然后有人领先了（我记得是一台胡思瓦纳 405），车手猛拧油门一下子就消失在飞扬的尘土中，引起人群一片欢呼。

“就这样了，”有人说，“他们要一个钟头左右才回来。咱们回酒吧去。”

还不行。不。还有大概一百九十多台车没出发呢。它们是每隔两分钟走一批，一批十台。一开始，从距离起点大概两百码的地方还是能看清楚的。但这种能见度没持续多久。第三批十台车消失在距离我们大概一百码的尘土中……等发到第一百台的时候（还有一百台没发），我们的能见度已经降到了约摸五十英尺。最多能看到维修站尽头的干草垛子……

到这个时候，沙漠上空那团将持续两天不下来的尘雾已经很结实了。当时我们大家都没意识到，那是我们最后一次看到“非凡名特 400”——

到中午，从酒吧、赌场这里已经很难看到一百码开外炎炎烈日下的维修站了。用任何传统意义上的媒体手段“报道这场比赛”都是痴心妄想：这就好比跟踪报道一场在奥运会标准泳池里的游泳比赛，但池里放的不是水而是爽身粉。福特汽车公司如约提供了一辆“媒体专用福特烈马”和一个司机，但是在沙漠上漫无目的地跑了几次——寻找摩托车，偶尔能找到一台——我把汽车丢给了摄影师，回酒吧去了。

这时候，我感到，可以对全局做一次“极其痛苦的重新评估”[1] 了。比赛无疑已经展开。我目睹了发车；这些

[1] 此处借用了美国政治家、艾森豪威尔总统的国策顾问约翰·福斯特·杜勒斯（1888—1959）在 1953 年的言论，当时杜勒斯称，如果法国国会不能通过“欧洲防务集团”条约，美国将不得不从根本上对其外交政策进行“极其痛苦的重新评估”（agonizing reappraisal）。

我是确定的。但现在干什么？租一架直升机？回到那辆臭烘烘的烈马上去？在那片该死的沙漠上到处跑，每隔十三分钟，看这些蠢货争先恐后冲过检查点……？

到上午十点，他们已经在赛道上分散开。现在已经没什么“赛车”了；成了一场耐力竞赛。唯一有点动静可看的是在起点-终点，那里每隔几分钟都会有一些怪头怪脑的人从尘雾里飞出，晃晃悠悠地从车上下来，等他的车队机师上来加油，然后再换上一个新车手继续上路……到那片荒无人烟的恐怖沙尘世界里再跑上五十英里的一圈，再忍受一个小时虐杀肾脏的残酷时光。

大概十一点左右，我坐着媒体车又出去了一次，但是只找到两辆沙滩车，里面坐着一帮好像是圣地亚哥来的退伍海军军士。他们在一条干涸的河道上把我们拦住盘问道：“那鬼东西在哪儿？”

“问倒我了，”我说，“我们只是一些美利坚爱国良民，和你们一样。”他们的两辆沙滩车上满是不详的标志：爪中攥着美国国旗的呼啸山鹰，星条旗制成的圆锯把眯缝眼的蛇切成一段一段，其中一辆车的副驾驶座位上安了一个像是机枪的东西。

他们玩得很高兴——在沙漠上极速行驶，见到谁都要骚扰一番。“你们几个是哪部分的？”其中一个人喊道。

引擎轰鸣着；我们基本上听不见对方说话。

“体育媒体，”我叫着，“我们是友军——职业怪胎。”

不清不楚的微笑。

“你们要想找个好目标，”我喊道，“应该去追 CBS 新闻那个混账，前面那辆黑色大吉普。《出卖五角大楼》就是他拍的。”

“好啊嘿！”有两个人当即叫起来。“黑吉普，是吧？”

他们疾驰而去，我们也上路了。像一团钢铁滚地草，在石头和冬青叶栎 / 仙人掌上蹦跳着。我手里的啤酒飞了出来，喷到车顶篷，再落到我腿上，裤裆上全是暖烘烘的泡沫。

“你被解雇了，”我对司机说，“带我回维修站去。”

这时候，我感到，该进行一些思考了——反思这个烂任务，得出一个应对的办法。拉塞尔达坚持要做“全面报道”。他想回到沙尘暴里去，不断尝试某种底片和镜头的稀罕组合，看看能不能穿透这些可恶的东西。

“乔”，我们的司机，也乐意奉陪。他其实不叫“乔”，但有人告诉我们就得这么叫他。前一天晚上我跟福特的老板通过话，提到派给我们的司机时，他说：“他真名叫史蒂夫，但你们应该叫他乔。”

“有什么不行的？”我说。“他想叫什么我们就叫他什么。要不叫‘嗖’？”

“没门，”福特的人说，“必须叫‘乔’。”

拉塞尔达同意了，正午时分，他和我们的司机乔一起再次进入沙漠。我回到其实是名特枪械俱乐部的那座碉堡酒吧／赌场——开始没命喝酒，没命思考，没命写下很多生猛的笔记……

6

城里的一晚……沙漠旅店的冲突……马戏-马戏的毒品狂热

星期六午夜……这一晚的记忆极为模糊。唯一的提示是一大把基诺纸牌（keno cards）和鸡尾酒餐巾，上面全是潦草的笔记。其中有一张是这样："找福特那人，要一辆比赛观察用的烈马……照片？……拉塞尔达/打电话……要不直升机？……拨通电话，逼那些杂碎……冲他们吼。"

还有一张写着："在天堂大道登记——'无休止和无上装'……性爱跟洛杉矶比不入流；这里有胸贴——洛杉矶是全裸当众性交……拉斯维加斯是一个带枪手淫的社会/这里会给你带来意外的是赌博/性是额外的/豪赌客的怪诞旅行……赢家上驻场妓女，倒霉蛋打手枪。"

多年前我住在大苏尔[1]的莱昂纳尔·奥雷[2]家附近，

[1] 大苏尔（Big Sur），加州中部蒙特里至圣西梅恩的海岸，著名的海岸风景区。
[2] 莱昂纳尔·奥雷（Lionel Olay），汤普森的一位记者朋友。

有个朋友喜欢去雷诺玩花旗骰。他在卡梅尔开了一家体育用品商店。有一个月他连续三个周末开着他的梅赛德斯高速巡航车去雷诺，每次都赢一大笔。第三次回来，他已经挣了一万五千美元，所以他决定第四个周末不去了，请几个朋友在忘忧草餐厅吃了饭。“赢了一定要收手，”他解释道，“另外，那地方也太远了。”

周一上午，他接到一个雷诺打来的电话——是他之前去的那个赌场的总经理。“这周末我们很想念你啊，”总经理说，“赌台员都觉得无聊了。”

“是么。”我朋友说。

然后下个周末他和一个朋友以及两个女孩——全是总经理的“特别嘉宾”——坐着私人飞机去了雷诺。身为豪赌客，没什么不可以的……

星期一早上，他还是坐着那架飞机——赌场的飞机——回到蒙特利机场。飞行员借了他几个钱，让他打电话叫朋友来接他回卡梅尔。他欠了三万美元，两个月后，他被世界上最彪悍的讨债公司拿枪指着。

就这样，他把店卖了，但是还不够还债。他说剩下的钱他们可以缓缓——然后他被揍了，这让他意识到还是借钱把债务结清比较好。

主流赌博是非常生猛的买卖——跟拉斯维加斯比起

来，雷诺就是街口那家对你和和气气的食品杂货店。在输家面前，拉斯维加斯是世上最凶恶的城市。就在大概一年前，拉斯维加斯郊外的一块超大广告牌上还写着：

> 不要携大麻赌博！
>
> 在内华达：藏毒——20 年
>
> 贩毒——终生！

所以在星期六的晚上头顶着一颗灌满致幻剂的脑袋，开着一辆满载大麻的车在赌场周围游荡，也不能说完全没心理负担。有几次差点被逮到：比如我企图把“大红鲨”开进地标酒店的洗衣房——但是门太窄，而且里面那些张牙舞爪的人看上去挺危险的。

我们开车去沙漠旅店看黛比·雷诺兹 / 哈里·詹姆斯[1]的演出。“不知道你们是怎么样，”我对我的律师说，“但干我这一行的，得跟得上潮流。”

“我这一行也是，”他说，“但是作为你的律师，我建

[1] 黛比·雷诺斯（Debbie Reynolds，1932— ），好莱坞影星，米高梅公司歌舞时代的重要演员，代表作有《雨中曲》等。哈里·詹姆斯（Harry James，1916—1983），上世纪好莱坞有名的小号手，他的乐队常受邀在电影中出演。

议你去热带花园酒店看盖 · 隆巴多（Guy Lombardo）。他的‘皇家加拿大人’乐团在蓝厅。”

“为什么？”我问。

“什么为什么？”

“为什么要拿我辛辛苦苦挣来的钱去看他妈一具尸体？”

“我问你，”他说，“我们在这里干什么？找乐子，还是干活？”

“当然是干活。”我答道。我们在兜圈子，在一个停车场里转来转去，我以为是在沙丘，后来知道是雷鸟……也有可能是庄园……[1]

我的律师在翻看《维加斯来客》，寻找乐子灵感。“要不‘五分尼克老虎机厅’？”他说。“‘劲爆老虎机’，应该够猛……二十九分的热狗……”

突然有人开始冲我们喊叫。我们有麻烦了。两个穿着红金色军装大衣的流氓出现在车前。“你们干什么？”一个人喊道。“这里不能停车！”

“为什么？”我说。看起来是个合理的停车点，很宽敞。我应该已经花了不少时间找车位了。太久了。就快打

[1] 沙丘（Dunes）、雷鸟（Thunderbird）、庄园（Hacienda）均为拉斯维加斯大道上的大型酒店赌场。

算弃车去叫出租……但是，没错，我们找到了这个空位。

原来那是沙漠旅店正门前的人行道。我已经碾过太多路牙子，到了最后这一个根本已经感觉不到。但是现在我们的处境有些说不清了……挡着入口，流氓冲我们吼，完全不知所措……

我的律师"嗖"一下就下了车，挥舞着一张五美元钞票。"我们要把这车停妥了！我是黛比的老朋友。我跟她耍过一阵子。"

一开始我觉得他演砸了……但其中一个门卫伸手接下钞票，说："好好。交给我吧，先生。"接着撕下一张停车条。

我们急匆匆地穿过大堂，我说："妈呀！差点就被他们按住了。还是你脑子转得快。"

"你以为呢？"他说。"我是你的律师……还有你欠我五块钱。现在就给。"

我耸耸肩，给了他一张钱。沙漠旅店这个铺着深色奥纶地毯的大堂透着俗气，在这里为了贿赂停车场管理员那点小钱纠缠是不合适的。这是鲍勃·霍普[1]的地盘。弗兰克·辛纳屈。斯皮罗·阿格纽[2]。这大堂散发着高级塑料

[1] 鲍勃·霍普（Bob Hope，1903—2003），美国电影、电视、广播喜剧演员。

[2] 斯皮罗·阿格纽（Spiro Agnew，1918—1996），美国政治家，曾任马里兰州州长和第 39 任美国副总统（1969—1973），因腐败丑闻于任内辞职。

贴面和塑料棕榈树的恶臭——显然是面向豪赌客的高端藏身之所。

我们信心满满地迈步走向大舞厅，但是他们不让我们进去。我们来晚了，一个穿着酒红色礼服的男人说；大厅已经坐满——没位置了，花多少钱都没用。

“去他妈的座位，”我的律师说，“我们是黛比的老朋友。我们大老远从洛杉矶开车过来看这个演出，今天非进去不可。”

穿礼服的开始絮叨什么“消防法规”，但我的律师拒绝听下去。终于，吵吵嚷嚷了许久之后，他放我们进去了，没收钱——条件是我们要在后面安静地站着，不能抽烟。

我们答应了，但是一进门就失去了控制。刚才情绪太过紧张了。戴着银色非洲风假发的黛比 · 雷诺兹在台上欢笑着……哈里 · 詹姆斯的金色小号在吹《佩珀军士》。

“太他妈吓人了！”我的律师说。“咱们是时空穿越了吗！”

有人狠命抓住我们的肩膀。我非常及时地把哈希烟斗塞回口袋。我们被揪着穿过大堂，被打手摁在门上，直到他们把我们的车提来。“好，滚吧，”穿酒红礼服的男人说，“这次饶了你们。如果黛比有你们这号朋友，那她的麻烦比我想的可大多了。”

“这事没完！”我的律师在我们离开的时候说。“你这个一惊一乍的渣滓！”

我开到了马戏-马戏赌场附近，停在它的后门。“就是这里，”我说，“这里肯定不会跟我们过不去的。”

“乙醚在哪儿？”我的律师说。“这个麦司卡林不管用。”

我把后备箱的钥匙给他，自己点上哈希烟斗。他拿着乙醚瓶回到车上，打开瓶子，倒了一些在纸巾上，然后拍到鼻子上用力呼吸。我也泡了一张纸巾弄到自己鼻子上。那气味排山倒海，车顶篷打开都没用。没过多久，我们开始跌跌撞撞地爬门前的楼梯，傻笑着，相互拉拉扯扯，像两个醉鬼。

这就是乙醚的主要优点：它让你的举止变得像早期爱尔兰小说里的乡下酒鬼……完全失去基本行动技能：视野模糊，没有平衡，舌头发麻——身体和大脑之间的一切联系都已断绝。这很有意思，因为你的大脑多多少少还是在照常运转的……你其实可以看到你自己的举止多么可怕，但你没法控制。

你在向马戏-马戏赌场门口的闸机靠近，你知道，等你到了那儿，你需要给那人两块钱，否则他不会让你进去……但是等你到了那儿，一切都不能如愿进行：你对自己和闸机的距离判断有误，撞上去，弹回来，踉跄着抓住一个老太太，某个愤怒的扶轮社友[1]推了你一把，你心想：这是怎么了？出什么事了？然后你就听见自己在吼："狗操了教皇，不是我的错。小心！……为什么要钱？我叫布林克斯；我生在……生在？把羊赶边上……女人孩子去装甲车……济普队长的命令。"

啊，邪恶的乙醚——彻头彻尾的身体毒品。头脑惊恐万状地蜷缩着，和脊柱失去了联络。双手疯狂地拍打，没法从口袋里掏钱出来……嘴里发出错乱的笑声和嘘声……一直在微笑。

乙醚是专为拉斯维加斯准备的完美毒品。这里的人就爱醉鬼。这等于鲜肉送上门。所以他们让我们过了闸机，放我们进去了。

如果当初纳粹打赢了，整个新潮世界在星期六的晚上就会是马戏-马戏赌场这样。这是第六帝国。一层全是赌桌，跟别的赌场一样……但是这地方大概有四层楼高，做成了一个马戏团帐篷的样子，所有奇怪的农村集市 / 波兰狂欢节的癫狂举动，全在这一个空间里上演。赌桌上方，

[1] 扶轮社（Rotary Foundation）是为增进职业交流、提供社会服务而成立的地方性社会团体，成员来自不同职业，在固定时间地点召开例行聚会。

“四十个卡拉奇托飞人兄弟”在表演高空秋千杂技，外加四只套着嘴的狼獾和来自圣地亚哥的色诱六姐妹……就是说你在大厅里玩 21 点，赌注越来越高，突然你凑巧抬了下头，就上面，半空中，一个十四岁的半裸姑娘被一只嚎叫的狼獾追赶着，那狼獾很快陷入与两个涂成银色的波兰佬的殊死搏斗中，他们是从对面的看台荡下来的，在空中和狼獾的脖子遭遇……两个波兰佬擒住那畜生，径直往下面的花旗骰桌子上掉——但会被网子弹回去；他们兵分三路，往三个方向各自弹开，即将再度落下的一刹那，三个“朝鲜小猫咪”一把抓住他们，荡到另一个看台上去。

这样的胡闹没完没了地继续着，但似乎没人留意。大厅里的赌博激战一天二十四小时都在进行，马戏也从不停止。同时，上面的楼厅里，顾客被人用尽世上一切怪诞的花招围追堵截。各种欢乐屋式的游戏亭。把一个十英尺高的男人婆的乳贴从乳头上打下来，可以得到一只棉花糖山羊。站在这部绝妙的机器面前，我的朋友，只需九十九美分，您的形象将会出现在拉斯维加斯市中心的一块屏幕上，高两百英尺。再加九十九美分可以留一条语音信息。“说什么都成，朋友。放心吧，他们都能听见。别忘了你有两百英尺高呢。”

耶稣基督啊。我仿佛看到自己躺在名特酒店的床上，似睡非睡，漫无目的地往窗外看，半空中突然出现一个残暴的纳粹醉鬼，两百英尺高，对着世间不明所以地吼着："伍德斯托克胜过一切！"[1]

今晚我们会拉上窗帘。像这样的事情能把一个嗑了药的人吓得像个乒乓球一样四处撞墙。幻觉本身已经够糟。但是看到你死去的奶奶叼着一把刀顺着你大腿爬上来这种事，过一阵子也就习惯了。爱迷幻药的人大都能应付。

但是没人受得了再加一道幻觉——随便哪个口袋里有1块9毛8分钱的神经病都能走进马戏-马戏，突然出现在拉斯维加斯市中心的半空中，十二个上帝那么大，嚎叫着临时想到的胡言乱语。不行，这个城市不适合致幻药。现实本身已经够扭曲。

好的麦司卡林是慢慢起来的。第一个小时只有等待，然后到了第二个小时的中段，你开始诅咒那个坑了你的混蛋，因为什么感觉也没有……然后，噌！恶魔般剧烈而奇异的喜悦与震颤……在马戏-马戏这种地方，就比较难应付了。

[1] 原句为 Woodstock Über Alles，似仿自《德意志之歌》第一句"德意志，德意志，胜过一切！"（Deutschland, Deutschland über alles），而伍德斯托克（Woodstock）应为纽约州小镇伍斯托克，因 1969 年在那里举办的一场巨型摇滚音乐节而成名。

“我也不想这样，”我的律师说，这时我们正坐在第二看台的旋转木马酒吧里，“可是这地方快让我受不了了。我好像感觉到‘恐惧’了。”

“胡扯！”我说。“我们上这里来寻找美国梦的，现在我们就在漩涡正中央，你倒想退出了。”我紧紧抓住他的胳膊。“你一定要看清楚，”我说，“我们这是找到主神经了。”

“我知道，”他说，“就是这让我感到‘恐惧’。”

乙醚正在褪去，迷幻药早已消失，但麦司卡林的劲道正足着呢。我们坐在一个金色塑料贴面的小圆桌前，绕着酒保旋转。

“看那儿，”我说，“两个女人在干一只北极熊。”

“求你了，”他说，“别跟我说那些事。现在不行。”他示意服务员再来两份“野火鸡”波本。“这是我最后一道酒了，”他说，“你能借我多少钱？”

“不多，”我说，“怎么？”

“我得走了。”他说。

“走？”

“是。离开这个国家。今晚。”

“冷静点，”我说，“过几个钟头你就没事了。”

“不，”他说，“这不是闹着玩。”

“乔治·梅特斯基[1]不是闹着玩的，”我说，“你看看他们怎么对付他的。”

“别瞎闹了！”他叫道。“再在这城里待一个钟头，我就得杀人了。”

看得出来他正在一个极限。麦司卡林药劲发作到顶点时的那种骇人的紧张。“好的，”我说，“我借你些钱。咱们到外面去，看看还剩多少。”

“咱们能做得到吗？”他说。

“呃……那得看从这里到门口一路上，我们要跟多少人过不去。你想悄悄离开吗？”

“我想尽快离开。”他说。

“好。那我们把账结了，然后非常慢地站起来。我们两个脑子都不听使唤了。这段路可不是一下子能走完的。”我喊服务员结账。她走过来，显得很厌倦，这时我的律师站了起来。

“他们是花钱让你去搞那只熊的吗？”他问她。

“什么？”

“他开玩笑呢，”我站到他俩中间说，“来吧，博士——

[1] 乔治·梅特斯基（George Metesky），二十世纪四五十年代活跃在纽约的连环爆炸案凶犯，人称“疯狂炸弹手”。

咱们下楼赌钱去。”我把他弄到了酒吧边缘，旋转木马的那个圈上，但是他非要让木马先停了，否则不下来。

“它不会停的，”我说，“它永远不会停的。”我先走了下去，回头等他，但他一动不动……没等我来得及伸手把他拉下来，他已经被转走了。“别动，”我嚷道，“你会转回来的！”他的眼睛茫然地看着前方，恐慌而困惑地眯着。但整个人纹丝不动地把整整一圈转完。

我等到他快要转到我面前，然而伸手去抓他——但他跳开了，继续转圈。这让我很是紧张。我感觉自己快要崩溃了。酒保好像在看我们。

卡森城，我心想。二十年。

我登上旋转木马，迅速来到酒吧，从我的律师看不到的一面包抄过去——等转到合适的地方，我把他推了下去。他踉跄着到了走道上，随着身体失去平衡，他撕心裂肺地尖叫着撞进人群里……像根圆木似的滚了几下，猛然站起来，紧握着拳头，寻找攻击目标。

我高举双手向他靠近，脸上挤出微笑。“你摔倒了，”我说，“咱们走吧。”

这个时候其他人真的在看我们了。但是那傻瓜不肯动，我知道如果我去抓他会发生什么事。“好，”我说，

"你就待着，等着坐牢吧。我走了。"我开始快步向楼梯走去，当没他这个人。

这样他就动了。

"看见没有？"他赶上来跟我说。"有个婊子养的从后边踹我！"

"可能是酒保，"我说，"他想揍你来着，因为你跟那个女服务员说那些话。"

"圣神啊！咱们赶紧离开这儿。电梯在哪？"

"离那个电梯远点，"我说，"他们就想让我们去那儿……把我们困在一个钢盒子里，送到地下室去。"我扭头看了看，不过没人在跟踪我们。

"别跑，"我说，"他们正想找借口朝我们开枪呢。"他点点头，看来是理解了。我们沿着一大片射击游戏场、刺青店、换钱处和棉花糖摊档疾步往前走，从一道玻璃门出来，走过一段铺着草坪的下坡路，来到停着"鲨鱼"的停车场。

"你来开，"他说，"我觉得我有点不正常。"

7
妄想恐惧……和可恶的鸡奸幽灵……刀光和绿水

到达名特后，我把车停在了赌场前面的街上，就是停车场出来一拐角的地方。没必要冒着在大堂惹事的危险吧，我心想。我们两个都通不过醉酒测试。我们的神经都高度紧绷。周围到处是极端危险的震动。我们急匆匆穿过赌场，上了后面的自动扶梯。

我们成功地到达了房间，一路上没有碰到任何人——但是钥匙打不开门。我的律师在做着绝望的努力。“这些王八蛋换了我们的锁，”他叫唤着，“他们可能搜查过房间了。天啊我们完了。”

门突然就开了。我们犹豫了一下，迅速走了进去。看不出有什么问题。“锁全都扣上，”我的律师说，“所有链条都用上。”他看着手里的两把名特酒店客房钥匙。“这把哪儿冒出来的？”他捡起一把写着 1221 的钥匙说。

“那是拉塞尔达的房间。”我说。

他微微一笑。“啊对。当时我想着能派上用场。”

“干什么用？”

“咱们上去用消防水龙管把他冲下床去。”他说。

“别了，”我说，“就放过那个可怜的杂种吧，我有种感觉，他好像因为什么在有意躲着我们。”

“别开玩笑了，”他说，“那个葡萄牙婊子养的很危险。他在监视我们，跟只鹰似的。”他斜眼看着我。“你是不是跟他有交易？”

“我跟他通过电话，”我说，“你出去洗车的时候。他说他今天要早点休息，好明天一大早去发车点。”

我的律师听不进去。他发出一阵愤怒的嗥叫，双手拍打着墙壁。“那个下流杂种！”他叫道。“我就知道！他抢走了我的女人！”

我笑了。“就那个跟着电影剧组跑的金发小妞？你觉得他把她给鸡奸了？”

“没错——你就笑吧！”他嚷着。“你们这些白皮人渣都一样。”这时候他已经开了一瓶龙舌兰喝起来了，咕咚咕咚猛往下灌。然后他拿过一个葡萄柚，用一把戈博牌迷你马格南把它切成两半，那是把不锈钢猎刀，刀刃像刚磨的刮脸刀。

“这刀你哪里弄来的？”我问。

“客房服务送上来的，”他说，“我要切酸橙。”

“什么酸橙？”

“他们没有酸橙，”他说，“沙漠里长不出来。”他把葡萄柚切成四瓣……然后是八瓣……然后十六瓣……然后开始对着那堆残渣乱切一气。“那个下流癞蛤蟆狗东西，”他抱怨着，“我就知道应该一有机会就把他干掉。现在她被他弄到手了。”

我记得那个姑娘。几个小时前我们跟她在电梯里有了点麻烦：我的律师表现得像个傻子。

“你肯定是骑手吧，”她说，“你是哪个级别的？”

“级别？”他火了。“你他妈什么意思？”

“你骑什么车？”她笑了笑问道。“我们在拍比赛，用在一个电视系列片里——也许我们可以用你。”

“用我？”

圣母玛利亚啊，我心想。这下可好。电梯里满是来比赛的人：一层一层地上去，要过挺长时间才到。等到了三楼，他已经开始剧烈地颤抖。还有五层……

“我骑大的！”他突然叫道。“特别大的混账东西！”

我笑了，企图缓和气氛。“是文森特暗影，”我说，“我们是车厂队的。”

人群里传出一阵低沉而粗野的质疑声。“扯淡。”我身后有个人小声说。

“不对啊！”我的律师喊道……然后对女孩说：“抱

歉，女士，我觉得在这个电梯里有一些无知的废物王八蛋，得在他们脸上划两刀。”他把手伸进那件黑色塑料夹克的口袋里，转过脸去对着电梯后部的人群。“你们这些下三滥的白皮玻璃，”他吼叫着，“有谁想挨刀子吗？”

我盯着头顶的楼层指示灯。门在七楼打开，没人动。一片死寂。门关上。到八楼……再次打开。挤满人的电梯里还是一点动静也没有。在门即将关上那一刹那，我抓着他的胳膊跨到了外面，时间刚刚好。门关上了，指示灯显示电梯到了九楼。

“快！去房间，”我说，“那帮杂种会把警察招来的。”我们转过拐角往房间跑去。我的律师狂笑着。“吓着了！”他嚷嚷着。“看见没？他们给吓着了。像一群关在斗兽笼里的耗子！”然而，等我们把门反锁上，他就不笑了。“妈呀，”他说，“现在可来真的了。那姑娘知道的。她爱上我了。”

几个小时后，他已经一口咬定拉塞尔达——那个所谓的摄影师——在打这姑娘的主意。“咱们上去阉了那小子，”他说，用他刚弄来的刀子在自己嘴巴前方快速地划了几个圈，“是你把他引到她那去的？”

“这样，”我说，“你最好把那把混账刀子搁一边去，冷静下来。我得去把车停好。”我缓慢地退向门口。跟嗑药的打了这么多年交道，有一点我是学乖了，对他们来说，一切都不是闹着玩的。你可以背对一个人，但绝不能背对着一个嗑药的人——尤其是他在你眼前挥舞一把猎刀的时候。

“去冲个澡，”我说，“我过二十分钟回来。”我迅速离开房间，把门锁上，还带着拉塞尔达的房间钥匙——就是我的律师之前偷来那把。可怜的傻小子，我一边奔向自动扶梯一边心想。他们派他到这里来，给他这个完全挑不出毛病的任务——就是拍几张摩托和沙滩车在沙漠上比赛的照片——可现在他一头栽进某个他完全不能理解的深渊里，自己还一无所知。他绝对没有任何可能理解现在到底发生了什么。

我们在这里干什么？这一趟旅行究竟有什么意义？我真的在街上停了一辆大块头红色敞篷车？我游荡在这些名特酒店自动扶梯上，是因为某种药力作用的疯狂，还是真的到拉斯维加斯来写一篇报道？

我从口袋里掏出客房钥匙；上面写着“1850”。至少这部分是真实的。那么我当前的任务是处理那辆车，然后回到房间……希望到时候脑子能清楚起来，明天清晨无论发生什么事都能对付。

下了自动扶梯，来到赌场，花旗骰桌边还是挤得满满当当。这些都什么人？这些面孔！他们从哪里来？他们就像一些漫画版的达拉斯二手车经销商。但他们是真的。而且我的老天爷啊，太多这样的人了——礼拜天凌晨 4 点半还在这沙漠城市的花旗骰桌前嘶喊着。还趴在美国梦身上忙活，一家空气污浊的拉斯维加斯赌场在黎明前最后一刻的混乱中，不知怎么就浮现出了一幅“大赢家”的幻象。

银城[1]行大运。打败庄家，满载而归。有什么不行的？我在大转盘前停了下来，在托马斯·杰斐逊身上下了一注——一张两美元钞票，胡乱的单注直选，一如既往地想着没来由随性一搏也许能一切都扭转过来。

但是没有。只是又扔了两块钱打水漂而已。妈的！

不。冷静下来。学会享受失去。重要的是把这篇报道写出来，根据它本身的要求；其他东西留给《生活》和《LOOK》杂志吧——至少眼下是这样。乘着自动扶梯下楼时，我看到《生活》那人正在电话亭里剧烈地扭动着，对着大陆另一边某个坐在办公室小隔间里欲火焚身的机器人吟唱着他的智慧。真的是这样：“破晓时分的拉斯维加斯——车手们还在睡梦中，沙漠上尘雾依旧，在鲜活的赌城心脏，德尔·韦伯这座华美绝伦的名特酒店的办公室保

[1] 银矿开采在内华达州历史上扮演着重要角色，该州因而有“银州”之称。

险箱里，静悄悄地躺着五万美元奖金。气氛高度紧张。我们《生活》杂志团队在前方（和往常一样在警方严密保护下……）。”停顿。“是的，接线员，是‘警方’。还能是什么？这毕竟是一次《生活》特别报道……”

鲨鱼就在弗雷蒙特酒店门外我之前停的地方。我绕到车库里把车存了——刚左博士的车，没问题，你们要是有谁闲着，明天天亮前给整车打一遍蜡。对，当然——记在房间账上。

* * *

回到房间，我的律师在浴缸里。全身浸泡在绿色的水里——他在酒店礼品店拿了一种油滑的日本浴盐，剃须刀插座上插着一台新的收音机。音量到顶了。是个什么“三狗之夜”的胡言乱语，唱的是一只名叫耶利米的青蛙想要“给世界带去欢乐”。

先是列侬，现在又来这个，我心想。下一个该轮到格伦·坎贝尔[1]扯着嗓子唱《花儿都去哪儿了》。

[1] 格伦·坎贝尔（Glen Campbell，1936— ），六十年代末到七十年代美国乡村流行乐领军人物。

是啊，哪儿去了？这座城里是没花的。只有食肉植物。我把音量拧小了，发现收音机边有一堆被咬烂的白纸。我的律师似乎没注意到音量的变化。他已经迷失在绿色汽雾里的；只有半个脑袋还露在水面以上。

“这你吃的？”我拿起白纸本问道。

他不理我。但是我知道。接下来六个小时很难跟他建立沟通了。整本墨纸都被他嚼了。

“你这个邪恶的杂种，”我说，“那包里要是有氯丙嗪[1]就算你运气好，否则明天你就有大麻烦了。”

“音乐！”他嚎叫着。“大声点。放那盘磁带。”

“什么磁带？”

“新的那个。就在那儿。”

我拿起收音机，发现它还是个磁带录音机——那种有内置卡座的玩意。磁带是《超现实枕头》[2]，只要翻面就行了。他已经听完第一面——就以那音量，大概方圆一百码内的所有房间都听到了，有没有墙隔着都一样。

“白兔子，”他说，“我需要一个升起的声音。”

“你死定了，”我说，“再过两个小时我要离开这里——

[1] 氯丙嗪（thorazine），一种镇定剂。

[2] 《超现实枕头》（*Surrealistic Pillow*），美国摇滚乐队杰弗逊飞船（Jefferson Airplane）的 1967 年专辑。

然后他们会上来拿大拍子把你打出屎来。直接就在这浴缸里揍。”

“我自作自受，”他说，“绿水和白兔子……开音乐；别逼我用这个。”他的手臂从水里猛地伸出来，那把猎刀牢牢攥在手里。

“天啊。”我嘀咕着。当时的情形我估摸着是帮不了他了——一脑袋迷幻药躺在浴缸里，手里拿着一把我这辈子见过的最锋利的刀子，完全不通情理，就要听白兔子。行吧，我心想。我对这个弱智已经是仁至义尽。这次是一趟自杀之旅。这次是他自找的。他准备好了……

“好，”我说，我把磁带翻了面，按下播放键，“但是最后再帮我个忙，行么？能不能给我两个小时？我没别的要求——就天亮前让我睡两个小时。我估计明天会比较困难。”

“没问题，”他说，“我是你的律师。你想要多少时间我都给你，按我的一般标准收费：每小时四十五美元——但是得有个缓冲吧，所以你就在收音机边放一张一百美元的钞票，然后滚蛋吧？”

“支票行么？”我说。“锯齿国家银行的。不需要身份证就能兑现。他们认得我。”

“怎么都行。”他说完就开始随着音乐抽动了。整个卫生间仿佛是在一个出现故障的巨型低音喇叭里。恶狠狠的震颤，排山倒海的声音。地上全是水。我把收音机放得尽可能离浴缸远一些，然后出去把门关上。

过了几秒他开始叫我。"救命！你这个畜生！帮我个忙！"

我冲了进去，以为他一个不注意把自己的耳朵给削下来了。

但是没有……他企图拿到摆在卫生间另一头的收音机，摆在那个塑料贴面的白架子上。"我要那个混账收音机。"他吼道。

我一把抢走收音机。"蠢货！"我说。"回浴缸里去！离混账收音机远点！"我把收音机塞回到他手里。音量实在太大，除非你对《超现实枕头》熟到相当程度，否则根本听不出现在放的是什么……在当时，我就相当熟，所以我知道《白兔子》已经完了；高潮段落已经来了又走了。

但是我的律师看来还不够。他还想要。"把带子倒回去！"他叫道。"我要再来一遍！"他的眼中满是疯狂，目光涣散。看起来即将达到某种可怕的灵异高潮……

"带子转起来！"他叫道。"能多响就多响！等到了兔子把它脑袋咬下来的那个精彩音符，我要你把收音机扔到浴缸里。"

我瞪着他，收音机紧紧攥在手上。“不行，”我最后说道，“我倒很乐意往浴缸里戳一根 440 瓦的电棒，但这个收音机不行。它能把你炸到墙外去——十秒内死得透透的。”我笑着说。“妈的，他们肯定要让我解释的——拽着我去看什么验尸官的检查，盘问我……对了……原原本本的细节。我可不想。”

“扯淡！”他叫道。“就跟他们说，我想飞再高点。”

我考虑了片刻。“好吧，”最终我说，“你说的对。可能这是唯一的办法了。”我拿起那个还插着电的卡座 / 收音机，悬在浴缸上方。“我要理一理顺序，”我说，“你是让我在《白兔子》到高潮的时候把这东西扔到浴缸里——是这么回事么？”

他再次沉入水中，带着感激的笑容。“还能是什么，”他说，“我都开始怀疑是不是要从浴缸里出来，去外面找个女服务员来帮忙了。”

“放心吧，”我说，“准备好了吗？”我按下“播放”键，《白兔子》又开始了向高潮段落的推进。他几乎当即开始嚎叫和呻吟……又要往山上飞奔了，而且心里想着这一次应该终于能爬到山顶了。他的眼睛紧紧闭着，油滑的绿水上只有手和膝盖露在外面。

趁着那歌往高潮走，我在洗手盆边一堆又大又圆的成熟柚子里翻找起来。最大的一个将近有两磅重。我用了维达·布鲁的快速球手法抓住那玩意——等《白兔子》一到高潮，它就像炮弹一样射进浴缸里。

我的律师疯狂地尖叫起来，像一条在撕咬食物的鲨鱼，在浴缸里剧烈扭动着，他似乎在找什么东西，地上满是溅出来的水。

我拔下卡座/收音机的电源，迅速离开卫生间……音乐还响着，但已经在用电池供电，音量杀不死人了。我走到房间另一头拿我的背包，能听见里面扑腾的声音小下去了，正当我取出梅斯喷雾……我的律师猛地拉开卫生间的门走了出来。他的眼神依然不知看向何方，但是拿着刀的手却没闲着，挥舞着仿佛是在切什么东西。

"梅斯！"我喊道。"想来点这个吗？"我在他湿漉漉的眼前晃了晃催泪炸弹。

他停了下来。"你个人渣！"他压低声音说道。"你真能干得出来，是不是？"

我笑了，继续晃着炸弹。"担心什么呢？你会喜欢的，世上没什么比得上梅斯的爽——跪地上干呕四十五分钟，大口喘气。能让你冷静下来。"

他的眼睛往我的大致方向望去，努力把眼神集中到一点上。"你这个下三滥白皮婊子养的，"他嘟哝着，"你真能干得出来，是不是？”

“不行么？”我说。“嘿，一分钟前你还要我杀了你呢！现在你倒想杀我了！妈的，我应该报警才对！”

他软了下来。“警察？”

我点点头。“是的，我也没办法。你这么折腾我没法睡觉，就你现在这个状况——一脑袋的迷幻药，还想他妈的用刀把我大卸八块。”

他翻了翻白眼，尝试冲我笑。“谁说要把你大卸八块了？”他含糊地说。“我不过是想在你脑门上刻一个Z——没什么不得了的事。”他耸耸肩，伸手去拿电视机上的一根雪茄。

我再次拿起梅斯罐恐吓他。“回浴缸里去，”我说，“吃点红中，冷静下来。抽点草，再来点白粉——操，你想干什么就干什么，只求能让我歇一会儿。”

他耸耸肩，心不在焉地笑了笑，好像觉得我刚才说的都很有道理。“可不么，”他诚恳地说，“你确实需要睡一会儿了。你明天得工作呢。”他遗憾地摇摇头，转身向卫生间走去。“多可怜。”他冲我摆摆手。“赶紧休息吧，”他说，“别被我耽误了。”

我点点头，看着他拖着脚回到卫生间——刀子还攥在手上，不过好像他已经忘了这茬。药效正在他体内换挡——下一个阶段大概是那种地狱般焦灼的反思噩梦。持续四个小时左右的紧张性绝望；不过不会有什么肢体上的反应，不会有危险。我看着他进去关上门，随即轻手轻脚地拿了一把很沉且棱角分明的椅子，顶在卫生间门把上，把梅斯罐放在闹钟边。

屋里很安静。我走到电视机边，找了一个没信号的频道——分贝调到最高的白噪声，一种有助睡眠的细密声响，持续有力的嘘声，可以淹没一切异常。

8
“全世界的天才携起手来，用一次认知震撼赢得大幅领先”

——阿特·林克莱特[1]

我住的地方很安静，晚上听到任何声音都说明有事要发生：你会很快醒来——心想那是怎么回事？

通常什么事也没有。但是有时候……来到一个会发出各种声音的城市，就很难适应了，这些声音全都是千篇一律的。汽车、喇叭、脚步……根本放松不下来；所以只能用没信号的电视机发出的细密白噪声，淹没这一切。把那东西卡在两个频道之间，就可以美美睡上一觉了……

别去想卫生间里的噩梦。不过是又一个来自“爱世代”的丑陋难民，又一个厄运临头的瘸子，在压力面前垮了。我的律师始终无法接受一个观念，就是不用药也可以飞起来，而且飞得比用药更高，改过自新的瘾君子时常会认同这个，在那些假释的人当中尤其受欢迎。

[1] 阿特·林克莱特（Art Linkletter，1912—2010），美国电台主持人。

这件事上，我也接受不了。但是有一阵住得离 XX 路的 XX 医生[1]不远，就在山脚下，他曾经是个迷幻药大师，后来据说实现了从化学药剂疯狂到超自然知觉意识的大飞跃。在某一个美好的下午——迷幻药当时刚刚开始兴起，不久之后将发展成“大旧金山迷幻浪潮”——我到那好大夫家里去，想问问他（因为他那时候就已经是个有名的药品权威了）如果有个邻居对 LSD 抱有合情合理的好奇心，他有什么好建议。

我把车停在路上，缓缓走在他家门前的碎石车道上，中间还停下来向他妻子挥手致意，她戴着一顶巨大的播种帽……挺好的一幅画面，我心想：爷们在里面烹制他最拿手的药炖菜，他的女人在外面的花园里，捯饬胡萝卜之类的东西……一边干活一边还哼着歌，没听出来是什么。

哼哼。是的……不过等我听出来那声音是什么用意，已经是将近十年后的事了：就像金斯伯格念“唵”字咒语入定——他那是要把我“哼”走。[2]在花园里的根本不是什么老太太；那就是好大夫本人——他疯狂地哼着，企图

[1] 此处姓名在出版社律师坚持下被删去。——原注

[2] 1968 年 8 月 4 日，金斯伯格参与组织了芝加哥民主集会游行，队伍在黄昏时聚集到林肯公园，众人面对警察席地而坐，开始了密宗式的冥思与祷告，金斯伯格吟唱咒语“唵”（Om），此举据说是为平息示威人群。在 1969 年著名的“芝加哥八审”中，金斯伯格用同样的方式在法庭上念咒。

阻止我进入他的更高一层意识。

我屡次尝试表明来意：不过是一个来打个招呼的邻居，另外就是想在山下我那个破房子里炼点 LSD，就此事问问医生的建议。说到底我的确是有武器的。而且也喜欢用它们——尤其是在晚上，当那巨大的蓝色火焰蹿起时，还有那些噪音响起……是的，还有子弹。那是我们无法视而不见的。一颗颗巨大的铅合金弹丸以每秒 3700 英尺的速度飞跃峡谷……

但是我从来都是往最近的山上打的，或者有时候打得不准，飞进了黑暗之中。我没什么伤人的想法；就是喜欢爆炸。我一直很小心，不会杀太多，够吃就行。

“杀”？我意识到我永远无法向在花园里辛勤劳作的造物恰当解释这个词。它可能连肉都没吃过吧？它能列举“hunt”[1] 这个动词的词形变化吗？它知道什么是饥饿吗？或者能理解那年我的平均周薪大约三十二美元是多么可怕的现实？

不会……在这地方交流是无望的。这我认识到了——但还不够快，所以就被毒品大夫给哼了，把我从门前车道哼到车里，再哼下山。不考虑 LSD 了，我心想。看看它

[1] 意为“打猎”。

把那个可怜的杂种毁成什么样了。

就这样，接下来的大概六个月，我一直就只抽哈希、喝朗姆酒，直到搬到旧金山，有天晚上找到了一个叫“飞尔魔礼堂”的地方。就这样。就一块灰色的糖，嘭！在我的脑子里，我回到了医生的花园。不是在表面，而是在下面——像变异的蘑菇从精心栽培的泥土中冒出头来。一名毒品爆炸的受害者。一个天生的街头怪物，能找着什么就吃什么。记得有一晚在矩阵俱乐部，一个流浪汉背着一个大包进来喊道：“有人要 L……S……D……吗？我这里什么都齐备了。给我个地方我马上能开始做。”

经理立马迎上去小声说：“小声点，小声点，到后边办公室去。”接下来那一整晚我再也没见着他，不过那流浪汉在被带走之前分发了一些样品。硕大的白色长效胶囊。我去男厕所把我那颗给吃了。不过，第一次就吃一半吧，我心想。想法不错，但以当时的状况，很难实现。我吃了一半，但是剩下的全都洒到了我的红色彭得顿衬衫的袖子上……正在想着该怎么办时，我看见其中一个乐手走了进来。“怎么了。”他说。

“这个，”我说，“我袖子上这些白色的东西是 LSD。”

他一言不发：只是抓起我的手臂吸了起来。极其恶心的画面。这时候如果有金斯顿三重奏[1]或年轻的股票经纪人之类的人物走进来，看到我们那副模样，不知道会出什么事。管他呢，我心想。运气好的话这能把他一辈子给毁了——永远都在想，在他最爱的酒吧的某扇窄门后面站着穿红色彭得顿衬衫的男人，在一些他从来没听说过的玩意刺激下正无比兴奋。他敢上来吸袖子吗？大概不会。安全起见。装作什么都没看见……

在拉斯维加斯的这个心神不宁的夜晚给我留下一些奇怪的记忆。五年后？六年？感觉跟一辈子似的，至少算黄金岁月——就是那种一去不复返的巅峰。六十年代中期的旧金山是个非常特别的时间和地点。也许这是有意义的。也许经年累月之后就没意义了……但是，你知道在时间和世界的那个角落，你就在那里，活着，那种感觉无从解释，任何词语或音乐或记忆的融混都无力触及。管它到底是什么意义呢……

了解历史是很困难的，里面有太多写手的胡诌，然而即便没有确凿的“历史”，我们还是有充分的理由相信，

[1] 金斯顿三重奏（The Kingston Trio），活跃于二十世纪五六十年代的美国流行民谣组合。代表作有《汤姆·杜里》（“Tom Dooley”）、反战民谣《花儿都去哪儿了》（“Where Have All The Flowers Gone?”）等。

时不时地会有整整一代人的能量在一道绵长的闪光中达到某种极致瞬间，在当时没人知道为什么会那样——事后也无法解释究竟发生了什么。

我对那个时代的记忆全部围绕着某一个夜晚，或者某五个夜晚，或者是四十个也说不定——或者是凌晨——半疯的我从飞尔魔出来，没有回家，骑着大块头 650 闪电穿着宾永牌短裤和一件比尤特牧羊人的夹克时速一百英里驶过海湾大桥……轰鸣着穿透金银岛隧道奔向奥克兰、伯克利和列治文的阳光，等到了另一头，也不知道该从哪条岔道出去（总是在收费站熄火，神智太扭曲，挂不上空挡）……但是有件事无论如何都是确定的，无论到了哪里，那里的人必定飞得跟我一样高，一样野：那是毫无疑问的……

在任何一个方向，任何一个时间，都能看到疯癫。如果不穿海湾，往北走金门，或往南走 101 去洛斯阿图斯或拉宏达……去哪儿都能擦出点火星。有一种奇幻的普世共识，无论我们做什么都是正确的，我们即将获胜……

我心想，那才是我们的办法——那种必定能战胜陈旧与邪恶势力的感觉。它无关凶恶或武力；我们不需要那些。我们的能量就是占优的。没有战斗的必要——无论是我们还是对方。我们势不可挡；我们正在一个巨大而美丽的浪尖上……

而今，不到五年后，你可以爬上拉斯维加斯的一座陡峭的山岗往西望，只要有一双恰到好处的眼睛，你几乎可以看到高水位线——就是在那个位置，大潮终于破散，退了回去。

9

飞向癫狂

逃跑的决定是突然间做出的。也有可能不是。可能我一直都有这个计划——潜意识里在等待合适的时机。账单是一个因素，我心想。因为我没钱结账。不会再有信用卡/报销之类的邪恶勾当了。跟西德尼·锡安[1]打过交道以后就没了。自那以后他们没收了我的美国运通卡，现在这帮畜生还要告我——还有大来公司和国税局……

另外，杂志要负法律责任。我的律师一手安排的。我们什么也没签过。除了那些客房服务记账。到最后我们也不知道总额是多少，不过，就在我们离开前，我的律师算了一下，每小时开销大概在二十九到三十六美元之间，连续四十八个小时。

“难以置信，”我说，“这怎么可能啊？”

然而当我问出这个问题的时候，身边没有能回答我的人。我的律师走了。

[1] 西德尼·锡安（Sidney Zion，1933—2009），美国作家。

他肯定感觉到有麻烦了。星期一晚上，他通过客房服务拿了一套精致的牛皮行李箱，然后跟我说他预定了下一班飞往洛杉矶的飞机。我们得抓紧时间，他说，去机场的路上他跟我借了二十五美元的机票钱。

我看着他起飞，然后回到机场纪念品柜台，用剩下的所有现金买了垃圾——彻头彻尾的狗屎，拉斯维加斯的纪念品，嵌着一个赌博轮盘的塑料假冒芝宝打火机，6.95 美元，约翰 · 肯尼迪五十美分硬币钱夹，五美元一个，摇骰子的马口铁猩猩，7.5 美元……我背着这一大包垃圾回到“大红鲨”，一把扔到后座上……然后非常有派头地跨进驾驶座里（白色的顶篷一如既往地卷着）坐下，打开收音机，开始思考。

霍瑞修 · 爱尔杰会怎样应对这样的局面？

多抽了那么一口，美得我呀……多抽了那么一口。

慌张。就像幻药狂欢里第一次升起的感觉，脊柱一股凉意。恐怖的现实正向我围过来：现在我独自一人坐在拉斯维加斯的一辆昂贵得吓人的车里，脑子被毒品揉挤着，没有律师，没有钱，没有给杂志的稿子——最大的问题是，我有一张骇人的巨额酒店账单要处理。我们在客房里要了一切用人手能拿得动的东西——包括六百块半透明的露得清肥皂。

车里塞满了那东西——地上，座椅上，杂物箱里。我的律师跟那些拉丁裔的女服务员达成了某种协议，让她们把肥皂送了进来——六百块怪异的、透明的破玩意，现在全是我的了。

还有我突然在旁边座椅上发现的一个塑料公文包。我把那东西拿起来，马上明白里面装了什么。一个脑子正常的萨摩亚律师是不会随身带着一支黑色大号点 357 马格南手枪通过民航金属探测门的……

所以他把枪留给了我，让我来携带——如果我能回得到洛杉矶的话。否则……我仿佛已经听到自己和加州高速公路巡警的对话：

什么？这件武器？这把上了子弹的、没有登记的、隐藏着的、可能有案底的点 357 马格南？我带着它干什么？是这样，警官，你看，我在“麦司卡尔泉”附近的一条路上停了车——是我的律师的建议，此后他就消失了——忽然之间我就完全莫名其妙一人在那个废弃的水洼附近走然后有个留着胡子的小家伙过来，完全不知道哪儿冒出来的，一只手拿着把吓人的地毯刀，另一只手拿着把又大又黑的手枪……他提出在我脑门上刻一个大大的 X，纪念凯利中尉……但是等我告诉他我是新闻学博士后，他的态度整个就变了。没错，警官，你可能会不相信，但是他突然就把刀扔到我们脚边微微有点咸的麦司卡尔水里了，然后他给了我这把左轮。是的，他就这么把枪塞到我手上，枪把冲着我，然后就跑到黑暗里去了。

这就是为什么这件武器在我手上。你会信吗？

不会。

但是我也不打算把这混账东西扔掉。现如今要找一把上好的点 357 可不容易。

所以我就想，好吧，把这个麻烦带回马里布去，它是我的了。风险是我担，枪也该归我：非常合理。要是那只萨摩亚猪想理论，要是他要到家门口来大吵大嚷，我就在他大腿中间来一下，让他尝尝这玩意的滋味。可不么。158 格令的半被甲铅合金弹以每秒一千五百英尺的速度飞行，大致相当于四十磅重的萨摩亚汉堡，再混合骨头的碎片。有什么不行的？

疯狂，疯狂……与此同时，孤身一人坐在拉斯维加斯机场停车场的“大红鲨”里。让这恐慌见鬼去吧。振作起来。保持。这种自我控制在接下来的二十四小时里将非常关键。我现在一个人在这片混账沙漠里坐着，这个持枪疯子的老巢，带着一整车的危险、恐怖和累赘，我必须把它们带回洛杉矶去。因为如果让他们在这里逮住我，我就完了。彻底完蛋。那是肯定的。一个新闻学博士去当州监狱周刊编辑是没前途的。最好踩下油门迅速逃出这个原始州。对。但是，首先——回名特酒店，兑现一张五十美元的支票，然后回到房间，打电话要两个俱乐部三明治，两夸脱牛奶，一壶咖啡，一瓶百加得朗姆陈酿。

要熬过这一晚，朗姆酒是绝对必要的——要打磨这些笔记，这本可耻的日记……录音机通宵达旦地开到最大音量："请允许我自我介绍……我是一个拥有财富和品位的人。"

同情?

我就别指望了。一个罪行累累的怪物在拉斯维加斯是得不到怜悯的。这地方就像军队：鲨鱼准则大行其道——受伤的会被吃掉。在一个人人皆有罪的封闭社会里，唯一的罪行就是被抓到。在一个小偷的世界里，唯一的罪孽是愚蠢。

凌晨 4 点坐在拉斯维加斯酒店里的感觉是很奇怪的——在房费七十五美元一天、客房服务账单吓死人的套房里，你拿着一本笔记本和一台录音机蹲着，已经连续四十八个小时处在彻底的疯癫中——你知道天一破晓就得开溜了，一毛钱也不付……大踏步走过大堂，叫人把你的红色敞篷车开过来，然后站那儿等着，手里一只装满大麻和非法武器的公文包……尽量做出轻松的样子，翻看《拉斯维加斯太阳报》的晨间第一版。

这是最后一步。几个小时前我已经把所有葡萄柚和其他行李先放到了车上。

现在就剩下逃脱绞索了：是的，举止要极其轻松，用西贡镜面太阳镜把那双狂乱的眼睛遮起来……等“鲨鱼”开过来。怎么还没来？我给了那个邪恶的皮条客整整五块钱，根据现在的情况那可是一大笔投资。

保持镇定，继续看报纸。顶端是触目惊心的头条标题：

美女命案

三人再度被捕

> 据克拉克县验尸官办公室称，19岁的美女戴安·汉比的尸体上周在一台冰箱里被找到，死因是海洛因吸食过量。实施抓捕的县治安官凶杀组调查人员称，其中一人企图从她的拖车玻璃门跳出去，被警官阻止。警方称她看上去歇斯底里，大喊着“你们休想活捉我”。但警官已给这名女子戴上手铐，看起来没有受伤……

传大兵吸毒致死问题严重

> 华盛顿（美联社）——一个众议院小组委员会发

布报告称，去年有160名美国士兵因服用非法毒品致死——其中40人在越南……委员会称，另有56例发生在亚太防区的军人死亡案疑与毒品有关……报告称海洛因问题在越南愈演愈烈，主要是由于在老挝、泰国和香港的加工作坊。“越南的禁毒工作几乎完全无效，”报告称，“当地警方的低效率是一方面原因，另一方面，政府内一些尚未被发现的腐败官员参与了毒品交易。”

在这段令人沮丧的启事左边是一张四栏的版心照片，华盛顿的警察在打击“年轻的反战示威者，这些人策划了一场静坐，封堵义务兵役局总部入口”。

照片旁边是一个黑色大字号标题：战争听证会曝出酷刑传闻。

华盛顿——昨日，一些志愿证人向一个非正式国会小组表示，在担任军方审讯人员期间，他们经常使用电话线和直升机高空坠落等办法来虐待和杀死越南俘虏。一名陆军情报专家说，他的一名中国翻译官被用手枪打死后，一名上司辩称，“反正她也就是个斜缝眼儿嘛”，意思是说她是个亚洲人……

就在这篇报道正下方是一个标题：纽约市公寓附近五人受伤……行凶者是一名不明身份的枪手，从一座大楼的楼顶开枪，没有什么具体的原因。这条新闻就在这个标题的上面：药店所有人在调查中被捕……文章解释说，是由于“(针对拉斯维加斯某药店的)一个初步调查显示，有超过十万颗被认为属于危险药品的药丸不翼而飞……”

看到这样的头版让我感觉好多了。在如此罪恶滔天的背景前，我的罪行是微不足道的。我相对是个值得尊敬的市民——可能是犯了多项重罪，但肯定是不危险的。当伟大的记分员来为我计分时，这肯定是有用的。[1]

也不一定？我翻到体育版，看到一小篇关于穆罕默德·阿里的；他的案子被提到最高法院，最后的上诉。他会因为拒绝杀“斜缝眼儿”而被判入狱五年。

“我跟越共没什么过节。”他说。

五年。

[1] 此处借用了美国著名体育作家格兰特兰德·莱斯（Grantland Rice，1880—1954）的诗句：“当最伟大的记分员 / 为你的声名打分 / 他写下——无关你的胜负 / 而是你如何比赛。”

10

西联干预：西恩先生的警告……

体育版的新任务以及来自警方的恶毒邀请

忽然间我又觉得愧疚了。“红鲨”！上哪儿去了？我把报纸扔到一旁，开始踱步。控制不住了。我觉得大势已去……接着我就看到车来了，正从隔壁车库的斜坡往下冲。

解脱！我抓起皮包，迎上前去取车。

“杜克先生！”

声音是身后传来的。

“杜克先生！我们正找你呢！”

我接近崩溃了。大脑和身体的每一个细胞都在下坠。不！我心想。肯定是幻觉。身后没有人，没人在叫我……是一阵妄想幻觉，安非他命错乱……只管往车的方向走，保持微笑……

“杜克先生！等等！”

好吧……等就等。不少好书是在监狱里写出来的。说起来我在卡森城也算认识几个人。监狱长会认出我；还有牢头——我替《纽约时报》采访过他们。另外还通过邮件采访了不少囚犯、警察，各色丑陋的妓女，文章始终没发表。

为什么不发表？他们问。他们希望把自己的故事讲出来。原因很难解释；在那些圈子里，他们告诉我的一切都被扔进废纸篓，或是永不见天日的文件里，就因为我写的引语没能打动三千英里开外的某个编辑——坐在某个新闻媒体官僚洞穴最深处的一张灰色塑料贴面办公桌前絮絮叨叨，说些内华达囚犯完全听不懂的话——文章最后死在了半道上，因为我拒绝重写引语。是出于一些个人原因……

这些拿到“放风场”里就都算不上原因了。可是管它呢？何必操心细节？我转身面对指控我的人，一个年轻的前台招待员，个子矮矮的，脸上堆着笑，手里拿着一只黄色信封。“我打您房间电话来着，”他说，“然后就看见您站在外面。”

我点点头，实在没力气抵抗。但是这时候鲨鱼已经在我身后，但我觉得连把包扔进去都已经没必要。游戏结束了。他们逮着我了。

那个招待员还在笑着。“这封电报刚来，是给您的，”他说，“但是其实不是给您的。是给某个叫汤普森的人，但写着‘劳尔·杜克转交’。有这么回事吗？”

我感到头晕目眩。一下子这么多事，有些反应不过来。从自由，到监狱，然后又回到自由——短短三十秒。

我摇摇晃晃地倒退几步，靠在车上，颤抖的手摸着帆布车篷的白色褶皱。那个招待员把电报捅给我，脸上依然带着笑。

我点点头，几乎没办法张口说话。“是的，”我终于答道，“有这么回事。”我接过信封撕开：

加急信件

亨特·S. 汤普森

劳尔·杜克 转交

隔音套房 1850

拉斯维加斯名特酒店

尽快来电重复尽快我们有一个新任务明天开始仍在维加斯别离开句号地区检察官全国会议邀请你到沙丘酒店参加为期四天的麻醉剂与危险药物研讨会句号滚石来电要五万字高额稿酬开销全报包括所有样本句号我们在火烈鸟酒店有预定还有白色凯迪敞篷车句号诸事安排妥当速来电详谈加急重复加急句号

刚左博士

“我的妈呀！”我嘟哝着。“这不可能吧！”

“您是说这不是您的？”前台招待员立刻紧张起来，问道。“我在登记簿上查了这位汤普森。我们没有这人，但是我以为他是跟你们一个组的。”

“是的，”我迅速答道，“别担心，我会转达到的。”我把包扔到“红鲨”前座，打算趁暂缓执行期结束前离开这里。但是招待员还是很好奇。

“那刚左博士呢？”他说。

我盯着他，让他好好照照镜子。“他没事，”我说，“但是他的脾气相当暴躁。博士负责我们的财务和所有的安排。”我溜进驾驶座，准备离开。

招待员弯腰把头伸进车里。“我们觉得奇怪的是，”他说，“刚左博士在这封洛杉矶来的电报上署了名——我们以为他在酒店里。”他耸耸肩。“然后把电报的收件人写成某位我们找不着的客人……这样一来延误就不可避免了。希望您能理解……”

我点点头，迫不及待地想离开。“你做得对，”我说，“媒体留言你就别指望看懂了。大概半数的时候我们会用行话——尤其是刚左博士。”

他又笑了，但这次显得有点怪。“告诉我，”他说，“博士什么时候醒？”

我坐在驾驶座上有些紧张。“醒？什么意思？”

他看上去有些不自在。“嗯……我们经理西恩先生想见见他。”这时候他咧着嘴笑的样子分明有恶意了。“没什么不得了的事。西恩先生喜欢跟所有大客户都见个面……交个朋友……就是聊两句，握个手，您明白的。”

“当然，”我说，“不过如果我是你，在博士吃了早餐前我不会去招惹他。他是个非常粗暴的人。”

招待员警惕地点点头。“但是今天上午晚些时候……他应该会有空？”

我知道他想干嘛。“你看，”我说，“那封电报全搞混了。其实是汤普森发出的，不是发给他的。西联肯定是把名字搞反了。”我举起电报，我知道他看过内容。“这是什么？”我说。“这是给刚左博士的一封快信，就是楼上那位，里边说汤普森正从洛杉矶往这里赶，有一个新的任务——新的工作指令。”我摆手让他离开车子。“先这么着，”我厉声说道，“我得去一趟赛道。”

他往后退了几步，我把挡挂到低速。“不用着急，”他在我身后喊着，“比赛已经结束了。”

“我还没呢。”我冲他飞快招招手表示一下友好。

“找时间吃个饭！”他喊道，此刻我已经把车开上马路。

“好嘞！”我叫了一声。而后汇入到车流中。在主街上朝着错误的方向开了几个街区后，我调了头开始往南走，直奔洛杉矶。但是保持着不紧不慢的速度。要保持冷静和沉缓，我心想。就这么飘出市区……

我需要找个地方安全地离开马路，没人烟的地方，琢磨琢磨我的律师发来的这封难以置信的电报。它是真的；这我确信。里面显然有一种真切的紧迫感。那口气错不了……

我没有心情也没有条件再在拉斯维加斯待一晚。现在不行。我在这座城市里已经把运气用到差不多了……一步步推向极限。现在黄鼠狼已经向我围过来；我已经能闻到那股丑陋的野性。

是的，现在绝对是该离开的时候了。我已经毫无余地。

此刻我以三十英里时速在拉斯维加斯大道上闲逛，想找个地方休息，做一个正式的决定。当然，我已经打算好了，但我需要最后用一瓶或三瓶啤酒来个了断，把那个不断颤动着负面情绪的反叛神经末梢灌倒……

这个必须得面对。因为我有过一个留下的理由。无论从哪方面看，这都是一个充满危险的、愚蠢的、发狂的想法——但是，一个被卷入一场可能致命的毒品事件的刚左派记者，受邀前往报道地区检察官全国会议的麻醉剂与危险药物研讨会，此情此景所散发的病态幽默之恶臭，也是无从回避的。

还有一个欲罢不能的念头——把一家拉斯维加斯酒店狠狠坑了一笔，接着并没有走上前往洛杉矶的高速公路，成为注定落网的逃犯，而是在城里招摇过市，把红色雪佛兰敞篷车换成白色凯迪拉克，登记入住另一家拉斯维加斯酒店，靠着媒体身份跟来自全美各地的一千名警察高管把酒言欢，看着他们慷慨激昂地对彼此讲着毒品问题。

这是个危险的蠢行，但一个真正懂得欣赏边缘行为的人也会认为值得一试。比方说，拉斯维加斯警方要找到这么一个吸毒吸得神魂颠倒，刚刚黑了一家市中心酒店的诈骗在逃犯，最不可能想到的地方是哪里呢？

没错。在一座赌城长街高尚酒店里举行的地区检察官全国会议研讨会上……开着一辆耀眼的白色凯迪拉克斜背城市车抵达凯撒宫酒店看汤姆·琼斯晚餐秀……去沙丘酒店参加缉毒特工和太太们的鸡尾酒会？

真的，还有比这更好的藏身地吗？对某些人可能是。但我不行。我的律师肯定也不行，他是个非常扎眼的人。要是分头行动也许能成功。但我们两个在一起，不行——我们会暴露。这个配方里要用到太多烈性化学成分；有意发一次狂的念头会强烈到无法抗拒。

那样我们当然就完蛋了。他们绝对不会手软的。要潜入到潜入者中去，你得接受所有间谍的宿命："同往常一样，如果你或你的组织内的任何一名成员被敌人俘获，部长会否认知情，等等……"

不行，这太过了。疯狂和受虐之间的界线已经模糊了；该收手了……隐退蛰伏，后撤，就是"逃避"。有什么不可以的？像这样的行动到一定时候总是要止损或巩固成果的，具体是什么要看情况。

我慢慢往前开着，想找一个像样的地方坐下来，来一瓶清晨啤酒，醒醒脑子……筹划这场勉强的撤退。

11

噢噢噢妈妈，真的就这么完了？……

再次在拉斯维加斯身无分文，陷入安非他命错乱？

星期二上午 9 点……此刻我坐在拉斯维加斯郊外的“疯狂比尔餐馆”，把所有事都想明白了。去洛杉矶只有一条路——15 号州际公路，一马平川，没有岔路或别的路线，只需要全速疾驶穿过贝克尔、巴斯托、伯度，上好莱坞高速路径直冲向狂乱的无意识地带：安全，卑微，不过是怪胎王国里的又一个怪胎。

但与此同时，接下来这五到六个小时里，我将是这条邪恶的道路上最显眼的东西——比尤特和蒂华纳之间唯一的一辆火苹果红色鲨鱼敞篷车……由一个半裸的乡巴佬精神病患者驾驶着，在沙漠高速公路上狂奔。是不是穿上紫绿色阿卡普尔科衬衫会好点，还是什么都不穿？

开着这么只怪兽休想掩人耳目。

肯定不会是一段快乐的行程。就连太阳神也不愿意旁观。三天来他头一回躲到了一朵云后面。完全没太阳。天灰灰的，很丑。

把车停到疯狂比尔后面那个半遮半掩的停车场时，我听到头顶一阵轰鸣声，抬头一看，是一架巨大的DC-8拖着尾烟升空了——大概在高速路上空两千英尺的地方。拉塞尔达上飞机了吗？《生活》那个人呢？他们拍到足够的照片了吗？报道所需的事实都有了吗？他们履行了自己的职责吗？

我连比赛谁赢了都不知道。可能谁都没赢。据我所知那场盛大的赛事因为一次可怕的骚乱而中断了——一场莫名其妙的暴力狂欢，几个拒绝遵守规则的小流氓挑起的。

我希望尽早补上相关的消息：拿起《洛杉矶时报》，在体育版寻找名特400的报道。掌握一些细节。把自己伪装起来。虽然正在逃亡途中，整个人都被剧烈的恐惧控制着……

我知道那飞机里坐着拉塞尔达，要回纽约。他昨晚跟我说他打算赶第二天最早的班机。

所以他在上面……我在这里，没有律师，瘫坐在疯狂比尔酒馆的红色塑料凳上，紧张地喝着一瓶百威，酒吧一大早刚迎来一批皮条客和玩弹球的流氓……门外停着一辆大块头“红鲨”，车上满载着无数的重罪，我连看都不敢看它一眼。

但是我不能把这玩意给扔了。从这里到避难所还有三百英里的公路，它是我挺过去的唯一希望。可是老天爷啊，我太累了！我害怕。我疯了。这个文化把我打败了。我他妈在这里干什么呢？这甚至都不是我打算写的报道。我的经纪人警告过我。一切迹象都是负面的——尤其是波罗酒廊那个拿着粉色电话的邪恶小矮人。我应该就待在那儿的……干什么都别干这个。

噢噢噢……妈妈

真的就这么完了？[1]

不！

谁在放这歌？我真的听见点唱机正在放那破歌吗？在这个脏兮兮的苍白早晨的 9 点 19 分，在疯狂比尔酒馆？

不。那是我脑子里在放，是多伦多的某个消失已久的痛苦黎明的回响……那是很久以前，在另一个世界里几近疯狂……但没什么区别。

帮帮我！

这些可怕的烂事究竟还要持续多少个夜晚和古怪的早晨？这样的劫数身体和大脑还能容忍多少次？牙齿磨得吱

[1] 鲍勃 · 迪伦 1966 年歌曲《困在莫尔比，再次听到孟菲斯布鲁斯》（“Stuck Inside Of Mobile With The Memphis Blues Again”）的歌词。

吱响，汗哗哗地流，血液在太阳穴里咚咚地涌动……耳朵前方那些细小的蓝色血管已经失控，连续六十、七十个小时没有睡觉……

现在这个是点唱机了！没错，毫无疑问……没理由不是。一首很流行的歌："像一座恶水上的桥……我会让自己躺下……"[1]

嘭。猛然间的妄想。什么样的畜生神经病会放那歌——此时此刻，这个节骨眼上？有人一直跟着我？酒保知道我是谁？她能在这些镜子后面看到我？

酒保都是阴险莫测的，但这位是个乖戾的中年胖女人，穿一身罩裙和钢铁男孩工装……可能是疯狂比尔的女人。

天啊，妄想、疯狂、恐惧和厌恶一阵阵地涌上来——这地方有没法忍受的震动。出去。逃离……凭着黑暗降临前闪过的最后一点癫狂的机智，我突然意识到我的法律（和酒店）清算要到中午才开始……就是说在成为一名逃犯之前，我至少还有两个小时的合法时间用来高速驶离这个烂州。

---

[1] 赛门和加芬克（Simon & Garfunkel）《恶水上的桥》（"Bridge Over Troubled Water"），发行于 1970 年，曾占据 Billboard 排行榜首位并获得格莱美奖年度最佳专辑和最佳歌曲。

多好的运气。等警报响起来的时候，我应该已经在针状岩和死亡谷之间的某个地方全速狂奔了——油门一直踩到底，对正开着 FBI/ 呼啸山鹰直升机俯冲下来的小艾弗伦 · 津巴利斯特挥舞拳头。

你可以逃跑，但休想躲藏[1]

去你妈的，艾弗伦，这句至理名言对你我都有效。

在你和名特酒店的人看来，我还在 1850 房间——无论法律上还是精神上都是如此，本尊肉身可能不在——门口挂着“请勿打扰”的牌子，可以驱散一切骚扰。只要那牌子还在门把上，服务员就不敢造次。我的律师都看过了——包括那六百块还等着我寄到马里布去的露得清肥皂。FBI 拿这些能有什么办法？这辆装满露得清肥皂的“大红鲨”？完全合法。肥皂是服务员给我们的。她们会一口咬定……是吧？

当然不是。那些背信弃义的混账服务员肯定会发誓说，她们是被两个全副武装的疯子逼的，这两人拿出文森

[1] ……张贴在科罗拉多州博尔德的一块公告牌上的一句话，是对海洛因毒贩的警告。——原注

特黑影来吓唬她们，直到她们把肥皂交出来。

万能的神啊！这酒馆有神父吗？我想告解！我他妈的是个罪人！可恕之罪[1]，弥天大罪，肉体之罪罪，大罪，小罪——不管你管这叫什么，上帝……我有罪。

但是请最后帮我一个忙：再给我五个小时急速奔驰的时间，然后再落下你的锤子；让我先把这辆车给处理掉，然后离开这片可怕的沙漠。

这些说起来都不算什么大事，上帝，因为最终的难以置信的真相是我没有罪过。我无非就是太把你的那些胡言乱语当回事了……你现在看到我是怎么回事了？我的原始基督教本能使我成为一名罪犯。

清晨 6 点拎着一只装满葡萄柚和“名特 400”T 恤衫的公文包在赌场里缓缓前行的时候，我记得当时我一遍又一遍地对自己说：“你没有罪过。”这不过是必要的应急计划，是要避免一个不堪入目的局面。说到底我并没签订有约束力的协议；这是一笔机构债务——跟个人无关。这一整个噩梦都是那本不负责任的烂杂志造成的。纽约的某个傻瓜害了我。这是他的主意啊，上帝，不是我。

你看看我：疯疯癫癫提心吊胆，开着一辆我从来没想

[1] 作者此处用了 venal（贪污、贿赂），似为 venial（轻微的、可饶恕的）之误。

过去开的车，以一百二十英里的时速穿过死亡谷。你这个邪恶的狗杂种！这是你干的好事！你可别让我出什么事，上帝……否则你就得对我负责了。

12

地狱般的速度……

与加州高速路巡警的缠斗……61 号公路上的单挑

星期二，中午 12 点半……加州贝克尔……喝上了百龄坛艾尔酒，醉成僵尸，神经紧张。我认得这种感觉：连续三四天的酒、毒品、阳光和无眠，肾上腺素储备耗尽——一种眩晕、战栗的快感，说明崩溃即将来临。但什么时候呢？持续多久呢？这紧张也是快感的一部分。肉体和精神发生崩塌的可能已经非常真切……

……但我不能崩溃：无论是作为解决办法，甚或廉价的备用方案，崩溃都是不可取的。是的。这是一个揭示真相的时刻，秩序和灾难之间那道微妙而宿命的界线——是做一个在街上闲逛的怪人，还是在未来五年的每一个夏日早晨都在卡森城监狱放风场里打篮球，分别也就在这里。

魔鬼得不到同情；切记。买票，上车……如果有时候比你设想的要重了一些，那……也许可以靠强迫自己扩张意识放松一下：融入，慌恐，挨揍。纪西[1]的圣经里都写了……现实的远端。

胡言乱语就到此为止吧；这时候连纪西都帮不了我。我刚刚有了两段非常糟的情感经历——一段是跟加州高速公路巡警，另一段是跟一个幽灵搭车客，此人可能是也可能不是如我想象的那样——此刻我感觉马上就要进入一种严重的精神错乱状态，我在一个"啤酒吧"里，拿着我的录音机蹲坐下来，琢磨着这一切到底是怎么回事，所谓"啤酒吧"其实是一个巨大的五金店的里屋——里面有各种犁、马具和成堆的肥料。

往回倒大概五英里，我跟巡警起了一点小冲突。不是被拦截或靠边：不是一般的问题。我开车一直很规矩。可能稍有点快，但终归是技艺精湛，对路面天生有感觉，这一点连警察都看出来了。但是这些警察有一个算一个，都对在四叶式高速立交桥上精确实施的高速漂移有着与生俱来的好感。

很少有人能理解和高速公路交通警打交道是怎样一种心理。那些一般的快车手，一看到后面有红光闪就魂飞胆丧，立即把车停到路边……然后我们要开始道歉，乞求原谅。

[1] 指小说家金·纪西（Ken Kesey），《飞跃疯人院》的作者。

这是错的。这会在警察心中激起对你的蔑视。该怎么做呢——当你以一百左右的速度跑着，突然发现后面有闪着红灯的加州高速巡警车——这时候你该做的是加速。千万别警报器一响就靠边停。一脚油门踩下去，让这帮杂种以一百二的速度来追你，一直追到下一个出口。他会跟着的。但是你打着转向灯显示要右转，他会不知道怎么办好。

这是要告诉他，你想找个合适的地方停车并对话……灯继续闪着，这时候你得找一条匝道，那种侧环上坡路，有块牌子写着“车速上限二十五”的……这个时候的窍门是突然离开高速公路，以不低于一百英里的时速进入辅路。

他会跟你差不多同时踩死刹车，但是他会需要一段时间才能意识到，自己的车速要发生 180 度的转变……你却早有准备，顶住强大 G 力，使出迅疾的脚尖脚跟技巧，只要运气不是太差，到了弯道最高点你应该正好把车停到路边，等他追上来的时候，你已经站在你的汽车旁了。

一开始肯定没法跟他讲理……但不要紧。让他冷静下来。他会先发制人。让他发。他的脑子会很乱：他可能会絮叨个不停，甚至拔出枪来。让他放松：保持微笑。这是要让他看到，你和你的车辆始终是在你的完全控制中的——而他已经失去对一切的控制。

等到他足够冷静了，问你要驾照的时候，你钱包里的警察/媒体徽章就起作用了。那些我是有的——但我手上同时还拿着一罐百威。在此之前我一直没意识到我正拿着它。我一直认为一切尽在掌握……可这时候我低下头看到手上那个红银色的小小证物—炸弹，我知道我死定了……

超速是一回事，酒驾就是另一回事了。那个警察似乎已经看出来——忘了啤酒罐，我的整场演出都砸了。他的表情放松了起来，甚至有了笑容。我也笑。因为在那一刻我们心里都清楚，我的这场“闪电之路”、私酒炸弹秀彻底完蛋了：我们俩自己吓唬自己，到头来完全没意义——因为我手上的这罐啤酒让任何有关“超速”的抗辩都告无效。

他用左手接过我打开着的钱包，右手伸过来拿啤酒罐。“能把那个给我吗？”他问。

“没问题。”我说。

他拿过罐子，在我俩之间举起来，把酒倒在了路上。

我笑了笑，已经无所谓了。“反正也不凉了。”我说。就在我身后，“红鲨”的后座上，我能看见大约十罐热百威和一打左右的葡萄柚。警察把这茬彻底给忘了，可是这时候，它们实在太显眼，我们俩都没法无视了。我的罪行太过粗劣和张扬，任何解释都毫无用处。

警察明白这一点。“你知道的吧，”他说，“这么做是犯了……”

“是啊，”我说，“我知道。我有罪。我明白。我知道这是犯罪，但我还是干了。”我耸耸肩。“争什么呢？我就他妈是个罪犯。”

“这是个挺奇怪的态度。”他说。

我盯着他，这时候我才看到，我跟一个很阳光的小伙子，三十上下，显然很享受这份工作。

“你看，”他说，“我感觉你应该打个盹。”他点点头说。“前面有个休息区。要不你去那停车，睡上几个小时？”

我立即领会了他的意思，但是不知道是出于什么疯狂的原因，我摇摇头。“打盹没用，”我说，“我撑了太长时间了——三四个通宵；我都记不清了。如果我现在睡着，接下来二十四小时都不会睁眼了。”

天啊，我心想。我这是说什么呢？这杂种是一片好心；他本可以直接把我关进监狱的，可他现在要我去他妈打个盹。老天爷啊，就答应他吧：好的，警官，我当然会好好利用那个休息区的。我对你的网开一面充满了感激之情……

可是不行……我这是在坚持认为，如果他能放我一马，我会继续暴速往洛杉矶赶，这是实话，但干嘛说出来？为什么要逼他呢？现在不是跟人对着干的时候啊。这里是死亡谷……你倒是打起精神来啊。

是是是。打起精神。“你看，”我说，“我是去拉斯维加斯报道名特400的。”我指着挡风玻璃上的“贵宾停车”标贴。“难以置信，”我说，“那么多摩托车和沙滩车在沙漠上乱窜了两天。你看了吗？”

他笑着摇摇头，显出某种悲哀的体谅。看得出来他在思考。我有没有危险？待会儿逮捕我的时候势必出现剧烈而费时的场面，他准备好了吗？为了把我定罪，他要花多少下班时间去法庭作证？我会找来什么样的怪兽律师折腾他？

我知道，但他怎么可能知道？

“好吧，”他说，“现在的情况是这样。我这里会这么写，今天中午，我扣留了你……理由是酒后超速驾驶，然后用一个书面警告”——他把警告递给我——“建议你，到下一个休息区停车……也就是你申明的目的地，不再继续行驶，对吗？你打算在那里打一个很长的盹……”他把罚单本插回腰带上。“听清楚我的话了吗？”他一边转身往回走一边问我。

我耸耸肩。“贝克尔离这多远？我打算去那吃午饭。”

“那不是我的辖区，”他说，“休息区往前再走2.2英里才到市区。你撑得了那么久吗？”他龇着牙笑了起来。

“我要试试，”我说，“我一直都想去贝克尔。常听人说起那里。”

“海鲜很不错，”他说，“像你这种脑子的人，可能会喜欢地蟹。试试大华餐厅。”

我摇了摇头，回到车上，有种被强奸的感觉。这头猪把我上上下下一通整，到头来还要取笑——在镇子的西头，等着我往洛杉矶跑。

我回到高速上，经过休息区往十字路口开，到那儿右转就到贝克尔了。在路上我看到……我的妈呀，是他，那个搭车的，就是我们去拉斯维加斯路上搭车被吓得半死的那个小孩。我在减速转弯的时候跟他对视了一下。我想招手来着，但是看到他拇指向下垂着的手势我心想，这次还是算了……天知道这孩子终于回到家里会把我们说成什么。

加速。立即离开这里。我怎么那么肯定他能认出我？但是这车是很难无视的。否则他干嘛要往后退离开马路？

忽然间，我在这个一片荒芜的镇子里有了两个死对头。一个是只要我敢继续往洛杉矶赶路就会逮捕我的加州巡警，然后是这个臭小子 / 搭车客，要是我敢留下来，会把我当个野兽一样猎杀。（天啊，快看，萨姆！那人！那孩子说过那人！他又来了！）

总之很可怕——一旦这群一本正经的内陆掠食动物把

事情捋清楚了……他们会的；在这个会去把我的支票给兑现了的镇子，那是迟早的事。能不能活着离开全看运气了。我会被愤怒的本地人做成一个柏油羽毛球[1]拖到监狱的囚车上去……

这个，就是危机了。我急匆匆穿过镇子，在北郊找到一个电话亭，就在一个辛克莱尔加油站和……没错……大华餐厅之间。我挂了一个紧急对方付费电话给身在马里布的我的律师。他第一时间接听了。

“他们盯上我了！”我尖叫道。“我被困在一个叫什么贝克尔的鸟不拉屎的沙漠十字路口了。时间不多了。那些混蛋要收网了。”

“谁？”他说。“你好像有点神经过敏了。”

“你个王八蛋！”我叫道。“我先是被加州巡警追，然后那个小子看见我了！我需要立刻找一个律师。”

“你在贝克尔干嘛？”他说。“没收到我的电报吗？”

“什么？去他妈的电报。我有麻烦了。”

“你应该在拉斯维加斯的，”他说，“我们在火烈鸟有个套房。我正要出发去机场……”

我瘫倒在电话亭里。太可怕了。我在这场恐怖的危机

[1] 近代欧洲的一种私刑，在受刑人身上涂柏油、粘羽毛。

中打电话给我的律师，可这蠢货吃药吃得颠三倒四——就是个植物人！“你这个没用的狗东西，”我叹道，“这事没完，非把你废了不可！车上的东西都是你的！你明白吗？我在那边出庭一作证，你的律师执照就没了！”

“你这个没脑子的废物！”他叫道。“我给你发了封电报！你应该去报道地区检察官全国会议研讨会的！我什么都订好了……租了一辆白色凯迪拉克敞篷……什么都安排好了！你跑他妈沙漠中央去干什么？”

我突然想起来了。对啊。电报。一下子都清楚了。我定了定神。迅速把整个事回顾了一下。“没事了，”我说，“这是个玩笑。我在用一个便携电话。一个小矮人从赌场里拿出来的。完全是我一手策划！你能理解吗？”我呼吸很急促，快要疯了，冒出来的汗都滴在了电话上。

“千万别到这一带来！”我叫道。“这里不欢迎外人。”

我挂了电话，慢悠悠地往车那边走。好吧，我心想。世界就是这么运转的。一切能量都随大磁铁的心意而动。我太蠢了，怎么敢去违背祂呢。祂知道。祂一直都知道。是祂在贝克尔整我。我跑得够远了，所以祂盯上了我……把我所有的逃跑路线都堵死，先派加州巡警跟我纠缠，然后是那个猥琐的幽灵搭车客……一下子把我抛进了恐惧和困惑里。

永远别惹大磁铁。我现在懂了……认识到这一点的同时，我也得到了一种接近终点的解脱。是的，我要回拉斯维加斯。我要再度向东而不是向西行驶，躲过那孩子，迷惑加州巡警。回到拉斯维加斯，登记参加毒品与麻醉剂研讨会；我和一千头猪在一起。有什么不行的？底气十足地走到他们中间去。去火烈鸟登记入住，立刻让人把白色凯迪送过来。别出岔子；铭记霍瑞修 · 爱尔杰……

我往路对面望去，有一个巨大的红色招牌写着“啤酒”。好极了。我把鲨鱼留在电话亭边，踉跄着穿过高速公路到五金店去。一个犹太人从一堆链轮里冒出来，问我要什么。

“百龄坛艾尔酒。”我说……这是一个神秘的、希望渺茫的要求，从纽华克到旧金山，很少有人知道这种酒。

他把酒端了上来，冰的。

我放松了。忽然间一切都理想了；我终于能喘口气了。

酒保面带微笑。“哪儿去啊这是，年轻人？”

“拉斯维加斯。”我说。

他笑了。“拉斯维加斯，是个了不起的城市。你在那儿会撞大运的；你看着像那种人。”

“我知道，”我说，“我是三重天蝎座。”

他看上去挺满意。“这是个好搭配，”他说，“你不会输。”

我笑了一声。“别担心，”我说，“我其实是伊格诺托县[1]地区检察官。一个平凡的美国好公民，跟你一样。”

他的笑容消失了。他听懂了吗？我说不好。但是已经无所谓了。我要回拉斯维加斯。别无选择。

[1] 应为编造的地名。

第二篇

在贝克尔以东大概二十英里的地方，我停下来检查那袋子药。太阳很毒，我想要杀点什么。随便什么都行。哪怕是只大蜥蜴。给那玩意留个窟窿。我从后备箱拿出我律师的点 357 马格南，转了转轮子。这一路上它一直顶着膛：细长精悍的子弹——158 格令，能打出相当平直的弹道，弹头漆成阿兹特克金色。我按了几下喇叭，希望能唤出一只鬣蜥来。让那玩意动起来。我知道它们在那儿，在大片大片的仙人掌丛里——这些混账东西就趴那儿，几乎不喘气，每一只都带着致命的毒素。

三声短促的爆响把震得我七倒八歪。声音来自我右手的点 357 的三次双动击发。天啊！漫无目的地乱打，完全没有原因。这是不好的疯狂。我把枪扔到“红鲨”前座上，紧张地望着高速公路。双向都没有车；两边的两三英里内都空空荡荡。

运气不错。从一辆装满毒品的汽车向仙人掌疯狂射击，这样的状况在沙漠里被人看到，是不可以的。尤其是现在我还在躲避高速路巡警的追缉。

到时候会被问一些尴尬的问题："这个，先生……呃……杜克先生；你肯定知道，站在一条联邦高速公路上击发任何枪械都是非法的？"

"什么？正当防卫也不行？这把破枪扳机特别敏感啊，警官。其实我只想开一枪的——就是想吓唬吓唬那些小杂种。"

凝重地瞪我一眼，然后用非常慢的语速说："杜克先生，您的意思是……您在这里受到了攻击？"

"嗯……没有……并没有真的攻击，警官，但是有非常真切的威胁。我停车下来撒尿，一下车就看见这一包包恶心的毒品围着我。它们动起来就像上了油的闪电！"

这个故事能站得住脚吗？

不能。他们会把我逮捕，然后循例要搜车——这么一来什么可怕的事情都可能发生。他们肯定不相信这么多毒品都是工作用途的；实际上我是一名职业记者，正在去拉斯维加斯报道地区检察官全国会议麻醉剂与危险药物研讨会的路上。

"就是样本，警官。我是在巴斯托夫跟一个新美洲人教会的路主买的。[1] 他一开始怪里怪气的，所以我把他修理了一顿。”

他们会信这个说法吗？

不会。他们会把我关进监狱的某个恐怖角落，用粗树枝抽打我的肾——打得我一辈子尿血……

幸好，在我迅速盘点工具包里的存货时，没有人来打搅。这包货乱得让人绝望，全都掺和到一起，一半已经压坏。有些麦司卡林胶囊已经破得只剩一堆发红的棕色粉末，不过我数了一下还有三十五到四十颗完好的。我的律师把所有红中都吃了，但是还有一些快速丸……草没了，可卡因瓶也空了，迷幻吸墨纸剩一张，一块上好的棕色鸦片膏，还有六片散的爱靡儿……派不上正经用场，但如果剂量使用得当，麦司卡林也许能帮我们熬过这四天毒品研讨会。

我在拉斯维加斯郊区一个街坊药店停了下来，买了两夸脱黄金龙舌兰，两瓶芝华士，一品脱乙醚。我挺想要一些爱靡儿的。我的心绞痛开始发作了。但是药剂师长了一双浸礼会精神病患的刻薄眼睛。我跟他说我需要用乙醚擦

[1] 新美洲人教会（Neo-American Church）是大麻与迷幻剂合法化倡导者阿瑟·克莱普斯仿照“土著美洲人教会”（Native American Church）创办的。路主（road man）是后者对教主的称呼。

洗腿上的胶带，但他早就把东西打好包了。他根本不在乎什么乙醚。

我在想要是问他要二十二美元的右美沙芬和一罐子一氧化二氮会怎么样。可能他会卖给我。有什么不行的呢？自由企业……供应公众所需——尤其是这个一身臭汗、说话紧张兮兮的家伙，腿上全是胶带，没命地咳嗽，还有心绞痛，还有每次走到阳光下就会有动脉瘤造成的可怕闪光。就是说，警官，这位老兄的情况很糟。我怎么可能知道，他径直回到车上就开始滥用毒品了呢？

就是啊？我在杂志架前停留了片刻，然后振作了起来，赶紧出门上车。吸了笑气在检察官毒品研讨会上彻底发一次疯，这个想法绝对是有相当扭曲的吸引力的。但是别第一天就干，我心想。留到后面。研讨会还没开始就被逮住关起来就没什么意义了。

我在停车场的一个架子上偷了份《评论报》，不过看了头版一篇文章以后就扔了：

自挖双眼

手术效果成疑

巴尔的摩（合众国际社）——医生在周五表示，他们不确定一名年轻男子在术后能否恢复视力，这名男子在过量吸毒的作用下，在狱中挖出了自己的双眼。

上周四，现年25岁的小查尔斯·英尼斯在马里兰综合医院接受了手术，但医生说可能要数周之后才能明确手术效果。

医院发布的一份声明称，英尼斯的“两只眼睛在术前都没有光感，而恢复光感的可能性微乎其微。”

英尼斯是马萨诸塞州一位知名共和党人的儿子，周四一名狱警在囚室内发现他挖掉了自己的眼球。英尼斯是周三晚间被捕的，当时他赤身裸体走在住处附近的一个街区。他在仁慈医院做了检查，而后被关进一间囚室。警方和英尼斯的一位朋友说他服用了过量的动物镇静剂。

警方称服用的毒品为PCP天使粉，帕克-戴维斯公司的产品，自1963年起这种药物已经不再用于人类医疗。然而一位帕克–戴维斯发言人称，他认为该药物可能在黑市上还是可以找到。

这位发言人说，如果只是服用PCP，药效持续时间最多12到14小时。然而如果和LSD这样的致幻剂一同服用，会产生什么效果就不得而知了。

上周六，也就是服药后的第二天，英尼斯对一位邻居说他的眼睛不太舒服，没法看字。

警方称，周三晚上英尼斯的精神似乎显得极为低落，对疼痛已经毫无知觉，在自挖双眼时甚至都没有叫喊。

2

又一天，又一辆敞篷车……

又一间住满了警察的酒店

第一要务是除掉“红鲨”。它太显眼了。可能好些人都认得它了，尤其是拉斯维加斯警察；不过可能他们以为这东西早就回洛杉矶去了。上一次见到它是在 15 号州际公路上以最高速驶过死亡谷。在贝克尔被巡警拦下并给予警告……而后就突然消失了……

我感觉，他们肯定想不到去机场的租赁车停车场去找它。我反正要去那里跟我的律师碰头的。他今天午后会从洛杉矶赶过来。

我在高速路上非常安静地行驶着，控制住无时不在的加速和突然变道的冲动——尽可能保持低调——到达目的地后，我把“红鲨”停在距离航站楼大概半英里的一个“多用途场”上，就在两辆旧空军大巴之间。非常高大的巴士。不能让那帮畜生随随便便就找着。多走两步没什么大不了。

等我走到航站楼已经满身是汗。但不是什么反常的事。我在暖和的气候里就是汗比较多。我的衣服从早到晚都是湿透的。一开始我还有点担心，但是后来去看了医生，向他陈述了我每日摄取酒、药、毒的常态后，他要我等汗停了再来看。他说那就是有危险了——表明你体内那个玩命工作的冲洗机制已经彻底停止工作。“我对人体的自然过程是很有信心的，”他说，“但是你这个情况么……我没有见过先例。我们只能等待观望，看看后面该怎么做。”

我在酒吧里待了大概两个小时，一边看着从洛杉矶飞来的航班，一边喝血腥玛丽，冲着它里面的 V-8 营养成分去的。过去大概二十个小时里，我除了葡萄柚什么都没吃过，我的脑子已经漂离船坞。

你最好当心着点，我心想。人体的承受力是有限的。要在航站楼里瘫倒，耳朵开始冒血什么的可就不好了。别在这座城市。拉斯维加斯人会杀死孱弱和错乱的人。

我意识到了这一点，所以一直很安静，尽管已经感觉到流血汗的晚期症状即将出现。不过还是挺过去了。我看到鸡尾酒侍者已经有些紧张了，所以强迫自己站起来，僵僵地走出了酒吧。完全见不到我的律师的踪影。

来到贵宾租车处，我把“红鲨”换成了白色凯迪拉克敞篷。“这辆混账雪佛兰给我惹了不少麻烦，”我跟他们说，“我感觉那些人都瞧不起我了——尤其是在加油站，我得自己下车去用手把车篷打开。”

“嗯……当然了，”柜台后面那人说，“我认为，你需要一辆我们的梅赛德斯 600 城市巡航特别版，带空调的。只要你愿意，还可以自己带油；我们可以提供……”

“你觉得我长得像他妈纳粹吗？”我说。“我只要一辆自然的美国车，别的什么都不要。”

他们立马叫来一辆白色斜背城市车。一切都是自动的。我可以坐在红色皮革座椅上，让这车全身上下里里外外每个部位都蹦起来，只要按对按钮就行。这是一台美妙绝伦的机器：价值一万美元的各种花招，昂贵的特效。后窗碰一下就会跳起来，像炸药池子里的青蛙。白色帆布顶篷像过山车一样滑上滑下。仪表盘上满是深不可测的灯光和开关和仪表，我是永远也搞不明白的——不过毫无疑问，在我的意识里我是非常迷恋这台上等机器的。

凯迪的起步不像“大红鲨”那么快，但一旦跑到八十左右——一泻千里的流畅……那优雅而柔软的重量，在沙漠中一闪而过，就像乘着老“加州和风”号列车在午夜穿行。

我用一张信用卡完成了整个交易，后来才知道卡已经被“取消”——完全是一场诈骗。不过“大电脑”还没来找我茬，所以我这个巨大的信用风险继续存在着。

日后回顾这次交易，我知道后面几乎肯定有这么一段对话：

“你好。拉斯维加斯贵宾租车。我们想查验一下 875-045-616-B。就是例行的信用查验，不着急……”

（电话另一头停顿了许久。然后：）“我的妈呀！”

“怎么？”

“不好意思……是的，我们有这个号码。它已经列为紧急拒贷状态。马上报警，盯住他！”

（又一段漫长的停顿）“呃……是这样，那个号码不在我们的警报名单上，然后……呃……875-045-616-B 刚刚开着一辆崭新的凯迪拉克敞篷车离开我们的停车场。”

“啊！”

“是的。他早就走了；上了保险。”

“去哪了？”

“我记得他说圣路易。是的，卡上是这么写的。劳尔·杜克，圣路易棕人队左外野手兼打者冠军。租期五天每天二十五美元，每行驶一英里再加二十五美分。他的卡是有效的，所以我们当然别无选择……”

这是实话。法律上租车公司没理由找我麻烦，因为理论上我的卡是有效的。接下来四天里，我开着那车跑遍拉斯维加斯——甚至还多次经过天堂大道上的贵宾公司总部——从头到尾没有受过任何粗暴对待。

这是拉斯维加斯好客之风的一个典型表现。唯一的、根本的原则是“别坑本地人”。除此之外什么都无所谓。他们不想知道。如果查理 · 曼森[1]明天早上入住撒哈拉，只要小费够肥，谁也不会去打搅他。

租下车后我径直去了酒店。我的律师依旧不见踪影，所以我决定自己去办入住——至少可以不用老是待在外面，避免大庭广众之下崩溃。我把“鲸鱼”留在一个贵宾停车场里，下意识地蹒跚来到大堂，只带着一只小皮包——手工定制的单肩包，是博尔德一位皮匠朋友刚给我做的。

我们的房间在火烈鸟，赌城长街的神经中枢：就在凯撒宫和沙丘的对面——也就是毒品研讨会的所在地。参会的大都住沙丘，但我们这些本着时下风尚来得比较晚的人，都被分到了火烈鸟。

这地方全是警察。我扫了一眼就知道了。他们大多就是站那儿，装作很悠闲的样子，全是一模一样的拉斯维加斯廉价休闲打扮：格子图案的百慕大短裤，阿尔尼 · 帕

[1] 臭名昭著的犯罪团伙“曼森家族”的主谋。

尔默高尔夫恤，光溜溜的大白腿上粗下细，脚上穿着涂胶“沙滩拖”。走进这么一个场景是很骇人的——一场超级蹲点监视行动。要不是事先知道有个研讨会，我可能就瘫倒了。给人感觉随时会有一场激烈的火拼，有人中枪倒地——说不定是整个曼森家族。

我到达的时间非常不凑巧。全国的地区检察官和其他警察一类的人都已经登记过了。这些人现在站在大堂里，冷眼看着刚到的人。所谓的终极蹲点行动，就是两百来号正在度假的警察，没别的事可做。他们甚至都没注意到其他警察的存在。

我艰难地走到前台开始排队。排我前面的是某个密歇根小城市的警察局长。一身阿格纽打扮的局长夫人就在三英尺开外的地方站着，而局长则在和前台招待争执：“是这样，朋友——我这里有张明信片，上面写着我在这个酒店里有预订了！我可是来开地区检察官研讨会的啊！我已经付过房费了。”

“抱歉，先生。你在‘晚到名单’上。你的预订已经被转往……呃……月光旅馆，就在天堂大道上，其实住起来还是蛮舒服的，离这里只有十六个街区，有专属泳池和……”

“你个臭不要脸的娘娘腔！叫经理来！别他妈跟我说

这些屁话了！”

经理现身，说可以帮着叫出租车。这显然已经是一出残酷戏剧的第二幕甚至第三幕，早在我到达前就开场了。警察局长的妻子在哭；他召集了一帮朋友来壮声势，但这些人都觉得太丢脸，没有出声——尽管此刻已经到了对决的关键，这个愤怒的小警察正倾尽全力打出最后一枪。他们知道他输了；他违反了“规则”，被雇来执行规则的人说，“客满”。

在这个闹哄哄的混蛋和他的朋友后面站了十分钟，我感到自己的脾气要压不住了。这个警察——偏偏是个警察——哪来的胆子，敢跟人争论权利和道理？我是跟这帮毛茸茸的屎脑子打过交道的——我感觉，那个前台招待也是。他透着一种曾经也被修理过的气息——被一些拿规矩当命的暴脾气警察，特别典型的那种。

所以现在他现在是还施彼身：说谁对谁错是没用的，哥们……或者说谁付了钱谁没付……现在的重点是我有生以来头一回可以好好整整这头猪：“去你妈的，长官，这里我说了算，我告诉你，这里没有房间给你住。”

这一下下地敲打，我听着十分受用，但过了一会，我感到眩晕和剧烈的紧张，我的不耐烦压过了找乐子的兴致。所以我绕过那头猪，直接跟前台说话。“那个，”我说，

“我不想插嘴，但是我有预订，你看能不能就顺手把我的先办了，然后你可以慢慢处理这事。”我笑了笑，这是要让他知道，他在警察聚会上耍滑头欺负警察，我在一边看得津津有味，此刻那警察站在那，心理即将崩溃，像瞪着一只桌子底下溜出来的水老鼠一样瞪着我。

我的状况相当糟：穿着旧李维斯裤子和白色查克·泰勒全明星篮球鞋……一路上开车吹风，十比索一件的阿卡普尔科衬衫肩膀上早已经开线。我的胡子三天没刮了，接近标准的酒鬼造型，双眼完全躲藏在一付桑迪·布尔的西贡镜面墨镜里。

我说话的口气像是一个知道自己有预订的人。我这是在拿我的律师的办事能力作赌注……但是也许能当面一刀捅到警察的心口上，这机会我是不会放过的：

……我是对的。预订用得是我的律师的名字。前台敲了一下铃铛招呼行李员过来。“我随身就带了这点东西，”我说，“其他的都在那个白色凯迪拉克敞篷里。”我指了指车，我们都能看到它就停在正门口。“你能找人把它开到屋里吗？”

前台很友好。“您就放心吧，先生。祝您入住愉快——有任何需要请直接跟前台说。”

我笑着点点头，顺带留意着身边那帮警察的惊诧反应。他们已经懵了。他们正在用尽浑身解数想拿到一个已经付了钱的房间——突然之间，他们的全部演出被一个刺头流浪汉给毁了，像是刚从北密歇根的游民营地跑出来似的。他还用一大把信用卡登记入住！上帝啊！这世界到底怎么了？

3

野人露西……“牙齿像棒球，眼睛像结冻的火焰”

我把包交给疾步赶上来的小伙子，叫他拿一夸脱“野火鸡”和两瓶百加得朗姆陈酿，还有够一晚上用的冰块。

我的房间在火烈鸟最远端的一座翼楼里。这地方远不只是个酒店：它是沙漠里的一座没法定义的巨型花花公子俱乐部。好像有九座独立的翼楼，中间隔着堤道和泳池——一个被迷宫一般的车道和斜坡切割成碎片的宏伟建筑群。从前台到房间所在的那座遥远的翼楼，我走了大概二十分钟。

我的想法是到了房间，接收送来的酒和行李，然后把最后那一大块“新加坡灰”[1]给抽了，一边看着沃尔特·克朗凯特[2]一边等我的律师来。在去毒品大会前，我需要喘口气，享受一点宁静与慰藉。这次跟名特400是很不一样的。之前是旁观的工作，这个就需要参与了——而且我

[1] 似为某种哈希什烟土。

[2] 沃尔特·克朗凯特（Walter Cronkite），当时的CBS夜间新闻主持人。

的身份是很特殊的：在名特 400 上，我们实际上是跟一群志趣相同的人打交道，就算我们的举止下作而过分……其实大家也就是程度上不一样而已。

但是这一次我们的在场本身就是一种冒犯。我们将使用伪造的身份参加大会，从一开始就要跟这些人打交道，他们来参加这个会的目的就是把像我们这样的人送进监狱。我们就是威胁——毫无遮拦，就是明摆着的毒品滥用者，打算把骇人听闻的行为推向极致……我们不是要证明什么最终的社会学观点，甚至都不是一次有意识的嘲弄：主要是一种生活方式，一种义务甚至使命感。如果这些猪聚集到拉斯维加斯是参加高层毒品大会，我认为毒品文化也应该派代表参加。

除此之外，我的脑子已经不听使唤太久了，这样的行动似乎完全在情理之内。在这种情形下，我觉得是完全符合因果报应的。

至少在走进远端翼楼 1150 号迷你套房那扇大灰门前，我的感受就是这样的。我把钥匙塞进门把锁，拧开了门，心想，“啊，终于到家了！”……但是门磕到了什么东西，我第一时间判断出那是个人形：一个无法确定年龄，脸和身形像比特犬的姑娘。她穿着一身不成样式的蓝色罩衫，眼神透着愤怒……

不知怎地我就是觉得没走错房间。我倒是愿意去想是不是错了，但在我的直觉里完全没有任何错的可能……她看起来也是知道的，因为我和她擦肩而过，快步走进房间时，她并没有拦我。我把皮包扔到其中一张床上，看了看四周，我知道我会看到……我的律师……一丝不挂，站在卫生间门口，脸上带着药物作用下的扭曲笑容。

“你个下三滥的猪。”我嘟哝了一声。

“忍不了。”他对比特犬姑娘点点头说。“这是露西，”他心不在焉地笑了笑，“就是露西和钻石在天上[1]那个露西……”

我对露西点点头，她正用毫不掩饰的恶毒眼神看着我。我显然是她的某种敌人，是她的故事的一个丑陋的闯入者……从她在房间里移动的样子可以看出来，她的脚步迅速而紧密，正在对我进行评估。她已经准备好采取暴力行动，这一点已经没有多少疑问。连我的律师都看出来了。

“露西！”他厉声说道。“露西！给我冷静点啊，机场的事你忘了……可别再有了，行吗？”他紧张地对她笑着。她就像一只刚被扔进锯末围场的野兽，即将为生存厮杀。

[1] 指披头士乐队名曲《露西和钻石在天上》（“Lucy in the Sky with Diamonds”）。

“露西……这是我的客户；这是杜克先生，著名记者。这个房间是花他的钱开的，露西。他是自己人。”

她一言不发。我能看出来，她并不能完全控制自己。她的肩膀作为女人是真够宽厚的，还有个奥斯卡·博纳维纳[1]的下巴。我坐到床上，漫不经心地伸手去拿包里的梅斯喷雾……当我的大拇指碰到“喷射”按钮时，我非常想把它猛地掏出来，好好教教她怎么做人。我迫切需要宁静、休息和庇佑。我可不想跟一个吃了药的荷尔蒙怪兽在自己的酒店房间里打起来。

我的律师看来是清楚的；他知道我为什么把手放在包里。

“别！”他叫道。“别在这儿！要不我们就得搬出去了！”

我耸耸肩。他已经不正常了。我看得出来。露西也是。她的眼睛里充满狂热与疯癫。她看着我的样子，仿佛是她认为，要想让生活恢复到她所认为的常态，必须先把我这种人弄成残废才行。

我的律师晃晃悠悠地走过去，搭着她的肩膀。“杜克先生是我的朋友，”他轻柔地说，“他热爱艺术家。让他看看你的画。”

我这才发现房间里摆满了艺术品——可能有四五十张

[1] 奥斯卡·博纳维纳（Oscar Bonavena），阿根廷重量级职业拳手。

肖像画，有些是油画，有些是素描，大小都差不多，画的都是同一张脸。屋内所有平的地方都被它们占了。那些脸看着眼熟，但我没法确定。是个姑娘，长着大嘴、大鼻子和极有光彩的眼睛——一张充满邪恶淫欲的脸；那种煞有介事、令人难堪的戏剧化描绘，是那种钟爱画马的美院小女生的卧室里常见的。

“露西画的芭芭拉·史翠珊肖像，”我的律师解释道，“她是一个蒙大拿艺术家……”他扭过脸去对着那姑娘。“你是在哪个镇子来着？”

她瞪了他一眼，然后又瞪我，然后又回到我的律师。最后她终于说：“卡里斯佩尔。紧北边。我是照着电视上画的。”

我的律师兴奋地点头。“非常好，”他说，“她大老远南下到这里，想把这些画给芭芭拉。我们今晚去亚美利加纳酒店，去后台跟她见面。”

露西害羞地笑了。她已经放下敌意。我松开梅斯罐站了起来。显然，我们面临一个严峻的问题。这个我可没料到：我的律师被致幻剂打垮，困在某种超自然的求爱期里出不来了。

“好吧，”我说，“我估计他们现在已经把车开过来了。我们去把后备箱的东西拿上来。”

他热切地点头。“没问题，咱们去拿东西，”他对露西笑笑，“我们马上回来。电话响了别接。”

她咧嘴笑着伸出一根手指比了一个青年耶稣运动[1]的手势。“上帝保佑。”她说。

我的律师套上了一条象腿裤和一件闪光黑衬衫，急匆匆地和我出了门。我能看出来他现在有点找不着北，但我不打算迁就他。

“那么……”我说。“你怎么打算的？”

“打算？”

我们在等电梯。

“露西。”我说。

他摇摇头，试图把注意力集中到这个问题上。“妈的，”他终于说道，“我在飞机上认识她的，我吃了那么多迷幻药。”他耸耸肩。“就是那种蓝色的小管子。天啊，她是那种信教的怪物。她在六个月里离家出走了五次好像。太可怕了。我把那个帽子给了她才意识到……我操，她连酒都不喝！”

“嗯，”我说，“也许能行。我们可以一直给她灌药，

[1] 青年耶稣运动，又称“耶稣迷”（Jesus Freaks），二十世纪六七十年代在美国西海岸发生的基督教运动，追随者多为嬉皮士、超自然和东方宗教信仰者、摇滚音乐人等再生基督徒，研究圣经和禁药。

把她弄到毒品大会上卖肉。”

他盯着我看。

“她太适合这场子了，”我说，“这些警察能出到五十块一个人，他们会把她揍到求饶为止，然后轮番上她。我们可以把她安排在那种小巷子的汽车旅馆里，房间里挂满耶稣画像，然后任那些猪去折腾她……嘿，她可真够结实的；能撑得下来的。”

他的脸剧烈地抽动着。我们现在已经站在电梯里，正向下往大堂去。“上帝啊，”他低声说道，“我知道你有病，但是没想到你真的能说出这种话来。”

看起来他被吓着了。

我笑了。“这是实用经济学。这姑娘是上帝的恩赐！”我冲他来了一个自然的亨弗莱·鲍嘉式微笑，露出两排牙……“操，我们就快成穷光蛋了！可你一下子找来个一身疙瘩肉的疯子，能帮咱们一天挣上一千块。”

“不行！”他叫道。“你别那么说话了！”电梯门开了，我们走向停车场。

“我估计她一天能接四票吧，”我说，“对啊，要是咱们给她灌满了迷幻药，一天说不定能挣出两千块来；三千都有可能。”

“你这个肮脏的畜生！”他的舌头已经不大利索。“我就该把你的脑袋给埋洞里！”他斜眼看着我，一边用手挡着阳光。我看到“鲸鱼”停在离门五十英尺的地方。“在那儿，”我说，“挺漂亮一车，如果你是拉皮条的……”

他哼了一声。从他的面部表情能看出此刻大脑内的挣扎，对抗着零星涌起的迷幻药力：一阵阵痛苦的激流，而后是完全的困惑。当我打开“鲸鱼”的后备箱去拿包时，他生气了。“你到底在干什么？”他叫道。“这不是露西的车。”

“我知道，”我说，“这是我的。这是我的行李。”

“别扯淡了！”他喊着。“我这个律师再牛，也顶不住你这么当着我的面偷东西！”他退后了几步。“你到底是有什么病？这种罪我们怎么也脱不掉的。”

我们费了好大劲才回到房间，打算跟露西好好谈谈。我觉得自己就像个纳粹，但是没办法，必须这么做。她不适合我们——眼下的情况太过微妙。就算按照她的本来面目——一个处在严重的精神病发病期的古怪姑娘——都已经够糟的了，让我更担心的是，再过几个小时，等她清醒起来，她会依稀回忆起在洛杉矶国际机场被某个粗野的萨摩亚人搭讪、下药，喂她酒精和 LSD，把她拽到拉斯维加斯一家酒店，用他那根蹦跳着的、没有切包皮的玩意捅遍她浑身上下每一个窟窿，那她不得来一场满嘴耶稣的咆哮。

我脑子有一幅可怕的画面，露西冲进芭芭拉·史翠珊在亚美利加纳酒店的更衣室，向她倾诉这个残酷故事。那我们就完了。他们会找到我们，说不定要把我们俩都阉了，然后才送进局子里……

我跟我的律师解释了这个情况，他一想到要把露西送走已经热泪盈眶了。她现在仍然处在很强的药劲作用下，我觉得唯一的办法就是把她弄到别处去，离火烈鸟越远越好，要赶在她清醒前动手，要不到时候她就记得此前在哪儿、发生了什么事了。

我们这边在讨论着，露西正躺在露台上，画一张芭芭拉·史翠珊的素描。这次是凭记忆了。画的是正面整张脸，牙齿像棒球，眼睛像结冻的火焰。

那种绝对的炽烈让我感到紧张。这姑娘是一枚喘气的炸弹。要是没有那块速写板，天知道她会把这些错乱的能量用在什么地方。等她脑子清醒到能看懂《维加斯来客》（*The Vegas Visitor*）了，她会干什么呢？我刚看了，上面说史翠珊要再过三个礼拜才会到亚美利加纳酒店。

我的律师终于同意把露西弄走。因违反《曼恩法案》[1]

[1] 曼恩法案（Mann Act），1910 年 6 月美国国会通过的一项法案，禁止以卖淫或淫乱等非法、不道德目的贩运妇女或少女。

而被判刑，取消律师资格，进入诉讼程序，完全失去生活来源——这种可能性在他的决策过程中起到了关键作用。非常下流的联邦刑罚。尤其是让一个面目狰狞的萨摩亚人在南加州面对一个典型的白人中产阶级陪审团。

“他们说不定都能把这说成绑架，”我说，“直接跟切斯曼[1]一样送毒气室。就算你能把这个给赢下来，他们也会把你送回内华达，告你强奸和自愿鸡奸。”

“别啊！”他叫道。“我是替那个女孩感到难过，我想帮她！”

我笑了。“肥佬阿尔巴克[2]就这么说来着，他什么下场你是知道的。”

“谁？”

“无所谓了，”我说，“你就想象一下，跟陪审团说你给这个女孩LSD，然后带她去拉斯维加斯，享受你的裸体搓背特殊服务，都是打算帮她。”

他伤心地摇摇头。“你是对的。他们可能会把我绑桩子上烧死……就在被告席上把我给点了。妈的，这年头帮

[1] 卡罗尔·切斯曼（Caryl Chessman），美国罪犯，废除死刑运动中的一个著名案例。

[2] “肥佬”罗斯克·阿尔巴克（Roscoe “Fatty” Arbuckle），二十世纪初好莱坞喜剧明星，曾陷入性侵丑闻。

个人没好报……”

我们连哄带骗把露西弄到车上，跟她说我们认为现在是时候“去见芭芭拉了”。我们劝她把所有的作品带上，这没费什么力气，但是她不明白我的律师为什么要让她把行李箱带上。“我不想让她难堪，”她抗议道，“她会以为我这是要搬来跟她住一起什么的。”

“不会，不会。”我连忙说……但是也只能想到这么点话。我觉得我都成了马丁 · 鲍曼[1]了。这个可怜虫，等我们放她走以后会怎么样呢？坐牢？白奴？达尔文博士在这种情况下会怎么做？（适者生存？是这么说的吗？达尔文有没有考虑过暂时性不适这个说法？比如“暂时性精神失常”。博士的理论有没有给 LSD 这类东西留出余地呢？）

这些当然都是学术问题。露西是有可能把我们置于死地的负累。完全没别的选择，只能让她自己漂离出去，但愿她的记忆已经完蛋了。不过有些迷幻药受害人具备某种奇怪的愚智，什么都不记得了，却偏偏记住一些莫名其妙的细节——尤其是神经兮兮的蒙古人种。露西可能在接下来两天里仍会处在失忆状态，然后一下子就清醒过来，什

[1] 马丁 · 鲍曼（Martin Bormann），纳粹“二号战犯”，纳粹党秘书长、希特勒私人秘书，人称“元首的影子”。

么记忆也没有，除了我们在火烈鸟的房间号……

这个我想到了……但是除此之外我唯一的选择就是把她弄到沙漠里去，拿她的尸体喂蜥蜴。这个我觉得还不至于；有点太重了，考虑到我们正在保护的东西是：我的律师。归根结底就是他。所以问题在于要找到一种平衡，把露西带向某一个方向，不会让她情绪失控，导致灾难性的反弹。

她有钱。我的律师已经勘查清楚了。“至少两百块，”他说，“实在不行我们可以给蒙大拿的警察打电话，就是她住的地方，把她交给他们。”

我不想那样。只有一个方案比任由她在拉斯维加斯乱跑更糟，就是把她交给“当局”……而且这个方案反正也是不可能考虑的。现在不行。“你这个畜生，”我说，“先是绑架这姑娘，然后强奸她，现在还要把她关起来！”

他耸耸肩。“我就是想到，”他说，“她没有证人。她说我们什么都毫无用处。”

“我们？”我说。

他盯着我看。我能感觉到他的头脑正在清楚起来。药力已经消退。也就是说，露西可能也要醒过来了。该动手了。

露西正在车上等我们，她听着收音机，脸上带着别扭的笑容。我们站在大概十码远的地方。从远处看，是个人都会认为我们正在进行一场邪恶的对决，争论“那姑娘是谁的”。这是拉斯维加斯停车场的一个标准画面。

我们最终决定给她在亚美利加纳酒店订一个房间。我的律师缓缓走到车边，编了个借口套出她的姓，然后我赶紧到屋里去给酒店打电话——说我是她叔叔，我希望她能“得到非常温柔的对待”，因为她是艺术家，稍有怠慢可能就会很紧张。店员向我保证他们会尽心款待她。

然后我们开车把她带到机场，说我们要把“白鲸”换成梅赛德斯 600，我的律师把她带到大厅，连同她的所有行李。她还处在失常状态，被带着走的时候恍恍惚惚的。我开着车到前面一个拐角处等他。

十分钟后他拖着脚步回到车上。“慢慢开，”他说，“不要引起任何注意。”

等我们上了拉斯维加斯大道，他说他找了一个在机场给出租车拉活的，给了他十块钱，让他负责把他那个“喝醉了的女朋友”送到亚美利加纳酒店去，她在那儿订了房。“我跟他说一定要保证把她送到。”他说。

“你觉得她会去？”

他点点头。“那人说他会用我另外给他的五块钱付车钱，跟出租司机说要讲笑话给她听。我跟他说我有些事要处理，不过一小时后就会过去——如果那姑娘还没有入住，我会回来把他的肺给扯出来。”

“那挺好，”我说，“在这个城市里什么都得说明白点。”

他咧嘴笑了。“作为你的律师，我建议你告诉我，你他妈把麦司卡林放哪儿了。”

我停下车。工具包在后备箱里。他拿出两颗药，我们一人一颗。太阳正落到城市西北角那些长满灌木的山后面。电台里响起一首好听的克里斯托佛森[1]。温暖的黄昏里，我们缓缓驶向市区，在靓白的凯迪拉克威乐的红色皮革座椅上放松起来。

“我看今天晚上我们还是歇歇吧。”我在经过热带花园酒店时说。

“对，”他说，“咱们找个吃海鲜的好馆子，来点红三文鱼。我有股强烈的愿望，想吃红三文鱼。”

我同意了。“但是首先我们得回酒店，安顿下来。可能游一下泳，喝点朗姆。”

他点点头，靠在椅背上抬头看天。夜色缓缓降临。

[1] 指乡村歌手克里斯·克里斯托佛森（Kris Kristofferson）。

4

堕落者无以遁形……一个嗜杀瘾君子引发的思考

我们开车穿过火烈鸟的停车场，七拐八拐到后面我们住的那座楼。停车没问题，电梯没问题，房间，刚进去的时候一片死静：灯光幽暗，安详优雅，巨大的滑动门外就是草坪和泳池。

房间里唯一在动的是电话机上的红色提示灯。“可能是客房服务，”我说，“我要了一些冰块和酒。估计我们不在的时候送来了。”

我的律师耸耸肩。“我们已经有不少了，”他说，“但是再多拿一些也无妨。对啊，让他们送上来。”

我拿起电话拨通前台。“留言是什么？”我问。“我这里灯在闪。”

接待员似乎有些犹豫。我能听见翻纸的声音。“啊对，”他终于说道，“杜克先生？是的，您有两条留言。一条是，‘欢迎来到拉斯维加斯，全国地区检察官协会敬上。’”

“很好。”我说。

“……另一条，”他接着说，“‘致电亚美利加纳酒店的露西，1600 房。’”

“什么？”

他把留言重复了一遍。千真万确。

“我的天哪！”我嘟囔着。

“抱歉，你是说？”招待员说。

我挂了电话。

* * *

我的律师又在卫生间里翻江倒海地吐了。我走到阳台上看着泳池，腰子形状的池子，清澈的水在我们房间外面闪着光。我觉得自己就是奥赛罗。此时此刻，我来到这座城市才几个小时，却已经给一部经典悲剧打下基础。主人公在劫难逃；已经为自己的崩溃埋了伏笔……

可这出污秽不堪的戏剧里，谁是主角？我扭过头去，看到我的律师，他刚从卫生间出来，用一块毛巾擦着嘴。他的眼神呆滞而明澈。“这天杀的麦司卡林，”他喃喃地说，“他们就他妈不能弄得别那么纯吗？掺点罗雷兹什么的？”

“奥赛罗吃的是茶苯海明。”[1]

[1] 茶苯海明的商品名称为dramamine，恰好可以分拆为drama（戏剧）和mine（我的）两个词。

他点点头，把毛巾围在脖子上，伸手把电视打开。“是啊，我听说过那种疗法。你们家肥佬阿尔巴克用的是橄榄油。”

“露西来电话了。”我说。

“什么？”他明显瘫了下去——就像一只中了枪的动物。

“我刚刚听了前台的留言。她在亚美利加纳酒店，1600房……她要我们打过去。”

他盯着我……就在这时，电话响了。

我耸耸肩，拿起电话。躲藏是没有意义的。她找着我们了，没什么可说的。

“你好。”我说。

还是那个前台接待。

“杜克先生？”

“是我。”

“你好，杜克先生。很抱歉刚才挂断了……我觉得我该再来个电话，因为我在想……”

“什么？”我感觉网正在收紧。这个混蛋就要把消息宣布给我听了。那个疯婊子跟他说什么了？我努力冷静下来。“我们正他妈看新闻呢！”我叫道。“你打断我们是要干什么？”

沉默。

“你想要怎么样？我要的冰块在他妈哪儿呢？酒呢？正打仗呢，知道吗！死人了！”

“死人？”他的声音轻得几乎听不到。

“在越南！”我嚷着。“在他妈电视上啊！”

“噢……对……对，”他说，“可怕的战争。什么时候能结束啊？”

“说吧，”我轻声说，“你要干吗？”

“好的，”他突然换回前台接待的腔调，“我是想告诉您……因为我知道您是参加警察大会的……那个留言给您的女人，听起来相当不安。”

他犹豫了一下，但我没说什么。

“我以为您会需要知道这个。”他终于说道。

“你跟她怎么说的？”我问道。

“没有。什么也没说，杜克先生。我就是记下留言，”他顿了顿，“但是跟那个女人说话可是不容易。她……呃……极端紧张。我感觉她是在哭的。”

“哭？”我的大脑被锁住了。我没法想事。已经被药接管。“她为什么哭？”

“呃……啊……她没说，杜克先生。但是我知道您的工作性质，所以我想——”

“我知道，”我连忙说，“这样，那个女人要是再打来，你要小心应付。她是我们的研究案例。我们正在非常密切地观察她。”我觉得我的脑子开始松动了；说话容易起来。“当然，她是完全没危险的……不会有什么问题……这个女人鸦片酊上瘾了，这是个受控试验，不过在这个事结束前，我估计我们还是需要你们的合作。”

“嗯……那当然，”他说，“我们一向愿意与警方合作……只要不惹上什么麻烦……到我们身上。”

“别担心，”我说，“你们是受保护的。平常你怎么对付遇到麻烦的人，你就怎么对付她。”

“什么？”他好像有些不知所措。“啊……好，好，我知道你的意思了……好的……那么这事由您负责？”

“那当然，”我说，“我得接着看新闻了。”

“谢谢。”他低声说。

“把冰送过来。”我说完就挂了电话。

我的律师正平静地看着电视。“干得漂亮，”他说，“这么一来，他们会把我们当麻风病人似的躲着。”

我点点头，在一只高脚杯里倒满了芝华士。

“电视上三个小时没有任何新闻了，”他心不在焉地说，“那个可怜的蠢货，可能以为我们是转到了某个警察专用频道了。你应该再给他打一个，让他拿一个3000瓦的感应电容上来，还有冰。跟他说我们的刚刚烧了……”

“你忘了露西了，”我说，“她在找你呢。”

他笑了。“不对，她找的是你。”

“我？”

“是啊。她其实已经转到你那边去了。我之所以能甩掉她，完全是因为我在机场跟她说，你要跟我在沙漠里决斗——你要我别拦着你，你要拥有她。”他耸耸肩。“操，我总得跟她说点什么吧。我说她应该去亚美利加纳酒店等着，看看最后回来的是谁。”他又笑了起来。“我估计她现在看出来是你赢了。那个留言可不是给我的，对吧？”

我点点头。这根本毫无道理，但我知道是事实。嗑药后的推理。节奏再清晰不过——在他看来是完全合乎情理的。

他一屁股坐到椅子上，全神贯注地看起《不可能的任务》[1] 来。

我考虑了一会，站起来开始往箱子里塞东西。

“你干什么呢？”他问。

“没什么大事。”我说。拉链卡住了，但被我硬是用力拉上。然后开始穿鞋。

“慢着，”他说，“天啊，你不会是要走吧？”

我点头。“你说得太对了，我要走。但是别担心。我

[1] CBS 电视剧，为此后的《碟中谍》系列电影的原作。

路过前台会打声招呼。把你安顿好了。”

他一下子站起来，踢翻了他的酒。“好，妈的，来真的是吧！我的点357呢？”

我耸耸肩，把芝华士往手袋里塞，看都不看他一眼。“在贝克尔的时候把它卖了，”我说，“我欠你三十五块钱。”

“我的上帝啊！”他叫道。“那东西花了我一百他妈九十美元！”

我笑了笑。“你跟我说过那枪你是从哪儿弄来的，”我说，“记得吧？”

他犹豫了一下，假装在想。“是啊，”他终于说道，“对……那个帕萨迪纳小混混……”然后又开始怒吼。“花了我他妈一千块啊。那个混蛋开枪打了一个缉毒警。他本来是要判终身的！……操，整整三个星期耗在法庭上，到头来就弄了这么一把六发左轮。”

“你太笨，”我说，“我警告过你，跟瘾君子打交道不能靠信用——尤其是他们有罪的时候。那杂种没给你肚子上来一枪已经很不错了。”

我的律师颓丧了起来。“他是我表弟。法庭判他无罪了。”

“操！”我火了。“那个嗑药的混账，我们认识他以来，他都冲多少人开过枪了？六个？八个？照着一般的原则，就那个小王八蛋，罪过大到我都想亲手宰了他。他杀了假日酒店那个姑娘……还有文图拉那人，这些都跟他杀了那缉毒警一样确凿无疑！”

他冷冷地看着我。“你可得小心点，哥们。你这是很严重的诽谤。”

我笑了一声，把行李堆在床脚，坐下来把酒喝完。我其实是打算走的。不是特别想走，但是我觉得这摊子事看起来怎么也不值得去冒险跟露西纠缠上……她无疑是一个美人，如果脑子能清醒过来的话……非常敏感，在她的斗牛狗式举止之下，潜伏着一种微妙的缘分……就是一个敦实的小姑娘，十八岁生日还没到，就不幸去了某个疯狂的地方。

我对她没意见。但是我知道，在当前境况下，她完全有能力把我们俩送进大牢关上至少二十年，靠的是一些我们自己也是头一回听说的故事：

“是的大人，就是被告席的两个男人给了我 LSD，带我去酒店……”

“那么他们对你做了什么呢，露西？”

“呃，我都不太想得起来了，大人……”

“果真如此？好，也许这份地区检察官的文件能帮你恢复记忆，露西……这是你赤身裸体走在米德湖附近荒漠上被人发现后没多久，由斯奎恩警官录的口供。”

“我不能确定他们对我做了什么，但是我记得是非常可怕的。其中一人在洛杉矶机场把我接走；他不停地流汗，说话太快，我听不懂他想要干什么……没有大人，我没法准确地回忆当时他对我做了些什么，因为我还处在那种毒品的作用下……是的大人，就是他们给我的 LSD……我认为我裸体了很长时间，可能他们把我带到那里去以后一直是裸体的。我认为应该是晚上，因为我记得他们开着电视，在播新闻。是的大人，沃尔特·克朗凯特，我记得从头到尾一直是那张脸……”

不行，我可没打算这样。陪审团肯定不会对她的证词有分毫质疑，尤其是透过这么一泡泪水和汹涌的幻觉闪回，磕磕巴巴地说出来。她无法准确回忆我们对她做了什么，因此也就不可能否认了。陪审团也就知道我们干了些什么。他们应该已经在《走投无路》和《肤浅》之类 2.95 美元一本的平装书里读到过像我们这号人……在五美元一张票的成人电影里见过我们这种类型。

还有，我们当然不可能冒险在法庭上反抗，为自己辩护——他们把“白鲸”后备箱的东西起获后就没戏了：“法官大人，我方希望指出，我们的起诉物证从 A 到 Y 都已经呈给陪审团——这些数量惊人的非法毒品和麻醉剂是被告人被逮捕之际所持有的，后在至少九名警官的努力下强行没收，其中至少六名警官至今仍在住院治疗……还有证物 Z，由地区检察官全国会议指派的三名专业麻醉剂专家在宣誓后作证——该机构对辩方企图潜入、干扰和歪曲其年度大会的行为深感难堪……这些专家作证称，辩方当时持有的毒品数量足以杀死一整个排的海军陆战队员……先生们，我用杀死这个词并非没有顾及诸位的感受，我确信当诸位思考此事，想到这位曾经天真无邪的少女，被两个堕落的强奸犯用各色各样的麻醉剂彻底毁灭了心灵与品行，势必会心生恐惧与厌恶，这位被摧毁和污辱的年轻姑娘，此刻正坐在诸位面前羞愧难当……是的，他们喂了这位姑娘大量的毒品，把她的大脑彻底搅乱，甚至连那场她被迫承受的淫乱，其令人作呕的细节如今都已经无法记起……陪审团的女士、先生们，他们随后利用她来从事那些不可告人的勾当。”

5

高危药品带来的恐怖体验

完全没法应付。我站起来收拾行李。我感觉，立刻离开这座城市，是很必要的。

我的律师似乎终于认识到了这一点。“等一下！”他叫道。“你不能把我一个人扔在这个蛇窝里！这房间是用我的名字开的。”

我耸耸肩。

“好，妈的，”他边说边走向电话，“你看着，我给她打电话。我来把她撵走。”他点着头说。“你说得对。她是我的问题。”

我摇了摇头。“不，已经太晚了。”

“你要当律师肯定很差劲，”他答道，“放心吧。我来处理。”

他拨了亚美利加纳酒店，要求转1600房。“嗨，露西，”他说，“是，是我。我收到你的留言了……什么？怎么会，我好好教训了那小子一顿，他这辈子都不会忘的……什么？……没有，没死，就是会消失那么一段时间……是，我就把他扔在那儿了；我踹了他几脚，然后把他的牙都给拔下来……”

上帝啊，我心想。让一个满脑子迷幻剂的人听这些可真够吓人的。

“但是有个问题，”他说，“我必须马上离开这里。那个混蛋在楼下兑现了一张有问题的支票，证明人写的是你，所以他们现在要找你们两个……是啊，我知道，但是看一本书不能光看封面啊，露西；有的人根本就已经烂透了……总之，你可千万别再往这个酒店打电话了；他们会追踪电话，直接把你给关进去……不，我现在立刻就搬到热带花园去；等拿到房间号我就给你去电话……对，可能要两个小时；我必须得装成个没事人一样，别让他们把我也给逮住了……估计我可能要用个化名，不过我会告诉你的……当然了，一办好入住……什么？……当然了；我们会去马戏–马戏，看北极熊演出；它非把你魂吓没不可……”

他说话的时候十分紧张，不停地把听筒换到另一个耳朵：“不行……听我说，我必须得走了；他们可能在窃听电话……听我说，我知道，是很可怕，但是都已经结束了……我的妈呀！他们在踹门了！”他用力摔下电话，开始大喊大叫：“不！别碰我！我是无辜的！是杜克！我发誓！”他把电话踢到墙上，再弯腰去捡，然后又开始吼：

“我不知道她在哪儿！她走了！”他又开始踢电话，然后拿起来举到一尺远的地方，开始发出一阵绵长而颤抖的低吼。“别！别！别把那东西放我身上！”他尖叫着。而后猛地挂下电话。

“好了，”他平静地说，“这样行了。她现在大概正在把自己往焚化炉里塞呢。”他笑了。“是啊，我觉得这应该是我们最后一次听到露西的消息了。”

我重重地倒在床上。他的表演让我很是震惊。有那么一个瞬间，我觉得他的脑子已经不正常了——他是真的相信自己在被隐身的敌人袭击。

但是房间恢复了平静。他回到自己的椅子上看《不可能的任务》，懒洋洋地找哈希烟斗。烟斗是空的。“鸦片在哪儿？”他问。

我把工具包扔给他。“悠着点，”我低声说道，“不剩多少了。”

他微微一笑。“作为你的律师，”他说，“我建议你不要担心。”他冲着卫生间点了点头。“试试我的剃须包里那个小棕瓶。”

“什么东西？”

“肾上腺素红，”他说，“用不了多少的。尝一点点就够了。”

我拿过瓶子，用一根火柴沾了一点。

“这样差不多了，”他说，“麦司卡林跟这比起来就是姜啤。要吃太多你会彻底发疯的。”

我舔了一下火柴末端。“你从哪儿弄的？”我问。“这东西买不到的。”

“别管了，”他说，“这个绝对是纯的。”

我难过地摇了摇头。“天啊！你这次是又攀上了什么畜生客户？这东西只有一个来源……”

他点点头。

“一个活生生的人体的肾上腺，”我说，“从尸体上弄来的是不行的。”

“我知道，”他回答。“但是那家伙一个子儿也没有。他属于撒旦崇拜那拨怪胎。他说可以给我人血——说那东西的爽保证你这辈子都没有过，”他笑着说，“我心想他是开玩笑呢，于是就跟他说，要给我一盎司左右的纯肾上腺素红——或者来一个新鲜的肾上腺吃吃也行。”

我已经感觉到那东西在我身上起作用了。第一波的感觉是麦司卡林和安非他命合起来。可能应该去游个泳，我心想。

“是啊，”我的律师说，“他是因为猥亵儿童被逮的，但是他发誓说他没做过。‘我为什么要去搞小孩呢？’他说。‘他们太小了！’”他耸耸肩。“老天爷，我能怎么办？就算是他妈狼人也有权找法律顾问的……我可不敢拒绝那个阴森森的怪物。他说不定拿把拆信刀要把我的松果腺卸下来。”

“挺好的，”我说，“有了那玩意他都能雇上梅尔文·贝尔里[1]了。”我点点头，这时候基本上没法说话了。我的身体感觉像是被连上一个220伏的插座。“操，咱们应该弄点那玩意。”我终于低声说了一句。“吃上一大把，看看会怎么样。”

“弄点什么？”

“松果油。”

他瞪着我。“没错，”他说，“这个想法好。那东西吸一口你就成他妈一本医学百科全书了！你的脑袋会肿得像个西瓜，两个小时说不定体重能增加一百磅……抓挠，瘊子出血，然后你发现背后长出大概六个毛茸茸的大奶子……”他坚决地摇了摇头。“哥们，我是什么都愿意试的；但我永远不会碰松果腺。

“去年圣诞节有人给了我一整株曼陀罗——根怎么着也有个两磅重；足够吃一年的——但是我用了大概二十分

[1] 梅尔文·贝尔里（Melvin Belli），有“侵权案之王”之称的著名律师。

钟全他妈给吃下去了！”

我把身子前倾，专注地听他讲。他只要稍微慢半拍，我就想掐着他的喉咙，强迫他说快点。“是啊！”我热切地说。“曼陀罗啊！然后呢？”

“幸好，大部分被我又吐出来了，”他说，“但即便是这样，我的眼睛还是瞎了三天。我连路都没法走了呢！整个身体都变成蜡了。他们只能用独轮车把我推到农场屋里去……他们说当时我企图想自己走，但是我发出的声音像浣熊。”

“太棒了。”我说。但是我已经听不太清他说什么了。我的反应太大了，双手完全不听使唤，猛抓着床罩，把它从我身下抽了出来。我的脚跟陷在床垫里，膝盖僵住了……我能感觉到眼珠子在膨胀，眼看就要弹出眼眶。

“快把这个狗屁故事说完！”我叫道。“然后怎么了？腺体怎么样了？”

他往后退了几步，一边贴着墙往另一头走，一边留意我的举动。“你是不是再喝点什么，”他紧张地说，“天啊，那东西已经完全罩住你了，是吧？”

我努力露出笑容。“嗯……也不算太糟……不对，这就是太糟……”我的下巴动起来很艰难；舌头感觉有镁在燃烧。“没事……没什么好担心的。”我压低声音说道。

“要不你就……把我扔泳池里，还是怎么着……”

“混账，”他说，“你吃太多了。你要爆炸了。上帝啊，看看你的脸！”

我动不了。完全瘫痪了。全身每一丝肌肉都在收缩。我连眼球都动不了，扭头或说话就更不行了。

“不会持续多久的，”他说，“第一波是最难受的。等那畜生走了就好了。我要现在把你弄到泳池里去，你会像个石头似的沉下去。”

死亡。我很确定。连我的肺都停止运转了。我需要人工呼吸，但是没法张嘴跟人说。我要死了。就这么坐在床上，动弹不得……好在不疼。可能再过几秒就要眼前一黑，再之后是什么样就无所谓了。

我的律师继续看电视。新闻又开始了。尼克松的脸充满整个屏幕，但是他的说话声完全颠三倒四。我唯一能听懂的词是“牺牲”。一遍又一遍地说：“牺牲……牺牲……牺牲……”

我能听见自己沉重的呼吸声。我的律师似乎注意到了。“放松就行了，”他扭头对我说，但是眼睛没看我，“别去跟它顶，否则你脑子就要冒泡了……中风，动脉瘤……你会慢慢衰竭，死掉。”他用颤抖着的手去换台。

直到半夜我才终于可以说话和行动了……但是药力还在；电压从220降到了110而已。我就是个口齿不清、神经紧绷的废人，像个野生动物一样在房间里窜来窜去，哗哗地流着汗，在一个东西上投入注意力顶多两三秒钟。

打了几通电话后，我的律师放下话筒。“只有一个地方有新鲜的三文鱼，”他说，“礼拜天还关门。”

“当然了，”我厉声道，“这些王八蛋教徒狂人！他们就像老鼠一样在繁殖！”

他好奇地看了看我。

“‘过程’怎么样？”我说。“他们在这里有分店吗？说不定有个熟食店什么的？里面有几张桌子？他们在伦敦有一家，菜式很棒。我在那吃过一次；手艺相当不错……”

“长点出息吧，”他说，“在这里，提都不要提‘过程’。”

“你说得对，”我说，“给检查员布鲁尔打电话。他懂吃的。我估计他有个单子的。”

“最好还是叫客房服务，”他说，“二十美元能吃上蟹肉沙拉和一夸脱‘基督兄弟会’麝香葡萄酒。”

“不！”我说。“我们必须离开这地方。我需要空气。咱们开车去雷诺，来一个大号吞拿鱼沙拉……管它么，也没多远。就四百里左右；沙漠里不堵车……”

“想得美，”他说，“那是陆军的地盘。炸弹测试，神经毒气——我们肯定顶不住。”

最后我们去了一个叫“大翻转”的地方，就在下城中间的地方。我要了个 1.88 美元的“纽约牛排”。我的律师要了 2.09 美元的“香根菊篮”……然后我们喝了一壶寡淡的“黄金西部”咖啡，看着四个醉醺醺的牛仔在弹球台边把一个同性恋打个半死。

“这座城市永远不缺带劲的事情，”我的律师在我们拖着步子回车上时说，“一个人只要在这里待上一阵子，找对了人，就有机会弄到他想要的新鲜肾上腺素红。”

对此我是同意的，但当时并不是很上心。我应该有八十个小时没睡觉了，毒品的恐怖折磨让我筋疲力尽……明天我们必须正经起来。毒品大会按计划要在中午开幕……我们还不知道该怎么处理这事呢。所以我们开车回到酒店，看了一部深夜播出的英国恐怖片。

6
开始干正事……毒品大会开幕日

“我代表全国的检控官欢迎您的到来。”

在沙丘酒店主厅聚集了大概一千五百人，我们在人群最后面。全国地区检察官协会的常务董事在大厅的最前方，从我们这里基本上已经看不见，董事是个收拾得很干净的中年人，事业有成的大共和党商人那种，名叫帕特里克·希利，他们要开办全国麻醉剂和危险药物第三研究所。他的言语声是借助装在我们这个角落的一只巨大的低音质音箱传过来的。大厅里还能看到大概十来只这样的音箱，全都高悬着朝向后方……所以无论你坐在哪儿，甚至无论你怎么躲，你永远都处在某一只巨型音箱的枪口之下。

一种古怪的效果因此产生了。大厅里每个区块的人往往都会盯着最近的那个话匣子，而不是遥远前方的讲台上那个说话的大活人。这种 1935 年式的音箱摆法把整个厅彻底非人化了。这里有某种不祥的、专制的气氛。布置这套音响系统的人，大概是从俄克拉荷马州马斯科吉某个汽车电影院跑来给治安官当助理技术员的，那种影院没钱给每辆车一个音箱，只能靠十只装在停车区电线杆上的巨型喇叭。

大概是一年前，我去华盛顿乡下的天河摇滚节，那里有一帮西雅图自由前线的穷光蛋组装了一种音响系统，能让蜷缩在一里半开外灌木丛下吃了迷幻药的半聋听众听见一把木吉他发出的每一个细微音符——哪怕是一声咳嗽或靴子落在舞台上的声音也不会错过。

但是，显然，全国地检官大会在拉斯维加斯找到的最出色技术员也没那个本事。他们的音响系统就像尤利西斯·辛·格兰特在攻打维克斯堡时给部队训话用的。声音从前面居高临下地轰鸣着，音质模糊，带着尖利的急切感，延迟的程度刚刚好，让言语和发言人的手势形成了难堪的错位。

“我们必须去了解这个国家的毒品文化！……文化……文化……”回声在大厅后方形成了阵阵让人困惑的声浪。“大麻烟蒂被称为‘蟑螂’是因为它的样子像一只蟑螂……蟑螂……蟑螂……”

“这些人他妈在说什么啊？”我的律师耳语道。“能把大麻烟卷看成蟑螂这人肯定脑子有问题了！”

我耸耸肩。显然我们一不小心闯进了一场史前集会。附近的音箱噼里啪啦地响起了一个名叫布鲁姆奎斯特的

“毒品专家”的声音：“……关于这些闪回，患者从来不知道；他以为一切都已经过去了，他已经戒了六个月……结果，哎哟，整个幻觉一下子又回来了。”

哎哟，邪恶的LSD啊！ E. R. 布鲁姆奎斯特医生是主题发言人，本次研讨会的明星之一。他写了一本叫《大麻》的平装书，据封面上说，这本书“有如身临其境”。（“大麻烟蒂 / 蟑螂”也是他发明的。）

书的封皮上写着他是一名“南加州大学医学院外科（麻醉学）临床副教授”……还是“危险药物滥用领域的知名权威专家”。布鲁姆奎斯特医生“曾在全国电视网节目中担任嘉宾，在政府机构担任顾问，还是美国医学会精神健康理事会麻醉剂成瘾和酗酒委员会成员”。出版社说，他的智慧得到了大量的再版重印和发行。显然，他就是那个二流学术骗子马戏团的一名打手，砸个五百到一千美元，他愿意到任何地方去对着一帮警察讲话。

布鲁姆奎斯特医生的书概括了许多胡扯出来的状态。他在第49页写到大麻社会的“四种身心状况”，分别是“酷、妙、潮、正”，降序排列。“‘正’是很少‘酷’的，可以说完全不‘酷’，”布鲁姆奎斯特说，“他‘没跟上’，就是说他不知道‘现在是怎么回事’。但是如果他想方设法把这个弄明白了，他就上升了一个档次，到了‘潮’。

如果他能够做到认可当前正在发生的事，他就‘妙’了。在这之后，机缘巧合之下，再加上不懈的努力，他就可以上升到‘酷’这个级别。”

布鲁姆奎斯特这番话写得就像一个人在大学校园鸡尾酒吧公然挑战蒂姆·利瑞，最后还把账都给结了。说不定就是利瑞之类的人一本正经地告诉他，在毒品文化里太阳镜被称为“茶镜”。

就是这种危险的胡言乱语，时常成为贴在警察局更衣室的油印简报。

> 的确：对毒品歹徒要知根知底。这关系到你的生死！由于戴了茶镜，你会看不到他的眼睛，但是他的指关节会由于内在的紧张而变白，在找不到强奸对象的时候，他的裤子会因为不断地手淫而粘满精液。他在接受问询时会摇摇晃晃，口齿不清。他会不尊重你的警徽。毒品歹徒什么都不怕。他会毫无理由地发起攻击，使用手边的一切武器——包括你的。小心。在逮捕疑似有大麻瘾的人时，每一位警员都应该立即采取一切必要的武力。及时（让他）缝一针，往往能避免你被缝九针。祝大家好运。
>
> 局长

的确。运气一向是很要紧的，尤其是在拉斯维加斯……而我们的运气正在变差。初步看来，显然，这并非我们计划中的那种毒品研讨会。它太过开放，太过混杂。大概有三分之一的人像是路过的，来看演出，正要前往城市另一头的维加斯会议中心看弗雷泽和阿里的重赛。或者去看一场里斯顿和祺元帅[1]为“老私卖客”举行的募捐义赛。

大厅里小胡子、络腮胡、超摩德风（Super-Mod）打扮随处可见。显然地检官的研讨会吸引了不少卧底缉毒警以及其他鬼鬼祟祟的人物。一个芝加哥助理地检官穿着一身浅棕黄色无袖针织衫：他夫人是沙丘赌场的明星；她在大厅里风情万种地走过，就像赶来参加芬奇学院同学会的格蕾丝·斯里克。[2]他们是一对经典夫妇；绝对玩得开的人物。

这年头，不是说你是警察就不能跟上潮流了。这个研

[1] 根据所处时期推断，这里的里斯顿应指六十年代名拳手桑尼·里斯顿（Sonny Liston, ?—1970），而“祺元帅”可能指的是和里斯顿多次交手的马蒂·马歇尔（Marty Marshall, 1923—2004）。至于祺元帅（Marshal Ky）之名则应该来自当时美国媒体对越南政治人物阮高祺的（错误）称呼。

[2] 芬奇学院是坐落在纽约曼哈顿的一所女子学院，1900 年成立，开始是中学，后来演变成文科大学，于 1976 年关闭。格蕾丝·斯里克（Grace Slick）是杰弗逊飞船乐队主唱，芬奇学院知名校友。

讨会吸引了不少穿着花俏的。不过我自己的这身——四十美元的 FBI 镂花翼尖鞋，一件派特·布恩的马德拉斯运动夹克——差不多是这个群体的中值；因为每见到一个都市潮流穿着，大概能同时见到二十来个不修边幅的乡巴佬，随时可以去密西西比州立大学当足球队助理教练那种。

这些就是让我的律师感到紧张的人了。和大多数加州人一样，见到活生生的内地人出现在面前，他会惊恐万状。可现在整个美国中部的警察精锐在此……而且，妈呀他们举手投足就像一群醉醺醺的养猪户。

我试着安慰他。“他们其实都是挺好的人，”我说，“熟了就好了。”

他笑着说：“跟他们熟？你开什么玩笑？我身体里流着的血跟他们都熟了！”

“在这里别提那个字，”我说，“他们会兴奋的。”

他点点头。“你说得对。我在《逍遥骑士》[1] 里见过这帮狗东西，但是不相信他们是真的。不是像这样。没想过有几百个这样的！”

我的律师穿着一身双排扣蓝色条纹套装，比我的打扮要有派头多了……但是这让他感到极度紧张。因为在这样

[1] 《逍遥骑士》(*Easy Rider*)，美国 1969 年上映的公路电影。

一群人里穿得有派头，意味着你可能是个卧底警察，而我的律师的生计靠的是一些对这个领域相当敏感的人。“这他妈是个噩梦！”他不停地嘟哝着。“我混进一个臭猪研讨会，在城里贩毒的疯子铁定能把我认出来，到时候放出消息去，说我跟一千个警察在聚会！”

我们都戴着姓名牌。花一百美元“登记费”弄来的。我的上面写着洛杉矶一个“私家侦探所”——说起来可以算实情；我的律师的名牌上说他是“犯罪毒品分析”专家。也算实情。

但是，好像没有谁在乎你是干什么的，或者为什么。这里的警戒太松懈了，犯不着那么担惊受怕。但是我们的紧张也因为我们在登记处交两份登记费的时候用了空头支票。支票来自我的律师的某位拉皮条/贩毒的黑道客户，根据长期以来的经验，他认定这些支票是毫无价值的。

7

不懂的，来学……懂的，来教

——1971 年 4 月 25—29 日拉斯维加斯
全国地检官大会邀请函上的格言

第一场会——开幕致辞——持续了将近整个下午。开头两个小时我们一直耐心地坐着，尽管从一开始就明显可以看到，我们不可能学到任何东西，同样清楚的是，我们要是敢上去教什么就是发疯了。就这样顶着一颗灌满麦司卡林的脑袋坐着，听上几个小时毫不相干的胡言乱语，还是挺容易的……当然也不会有什么风险。这些可怜的杂种都分不清麦司卡林和通心粉。

我怀疑我们可以全程在迷幻药作用下把这事干成……只有个别人是例外；人群里有一些面孔和身体在用药后是完全无法忍受的。当灯光暗下，开始看一个毒品片时，体重 344 磅的德州瓦科市警察局长和他那 290 磅的妻子（或许不是，反正是他带来的女人）肆无忌惮地又搂又亲，这场面靠着麦司卡林将将能忍过去——它主要是一种感官 / 表面的药，能夸大现实，但不能改变——要是一脑袋迷幻药，目睹两个肥胖异常的人类当众互相上下其手，周围坐着一千个警察在看关于“大麻的危险性”的电影，感情上实在难以承受。大脑会抗拒：延髓会企图停止接收额叶发来的信号……与此同时，中脑会冒着做出肢体反应的危险，不顾一切地对这个场面做出另一种解读，而后才发还给延髓。

在效果上，迷幻药是相对比较复杂的毒品，而麦司卡林很简单直接——但在这样的场景下，两者只是在理论上的差别。在这个研讨会上只适合大量服用镇静药：红中、草、酒，因为整个活动显然是某个 1964 年吃了速可眠后一直人事不省的人安排的。

一千多身居高位的警察相互说着“我们必须了解毒品文化”之类的告诫，但他们完全不知道从何入手。他们甚至都不知道那些玩意在哪儿。走廊里在风传可能背后是黑手党在运作。也可能是披头士乐队。观众席里有个人站起来问布鲁姆奎斯特，他是否认为玛格丽特·米德[1]最近的“古怪行为”可能是源于不为人知的大麻瘾。

“我不清楚，”布鲁姆奎斯特答道，“但是在她这个年龄，如果她吸了草，那飞起来是非常厉害的。”

[1] 玛格丽特·米德（Margaret Mead，1901—1978），美国人类学家。

观众对这句话报以一阵哄笑。

我的律师凑过来小声跟我说他要走了。“我要去楼下赌场，”他说，“我有的是浪费时间的法子，都比听这些狗屎强。”他站了起来，把座椅扶手上的烟灰缸带翻在地，顺着过道直奔门口而去。座位的安排没考虑过这种突然出现的移动。人们想给他让路，但没有地方可挪。

“看着点！”有人在他横冲直撞的时候叫了一声。

“去你妈的！”他对那人吼道。

“前边挡着了！”另一个人喊道。

这时候他已经快到门口。“我得出去！”他叫道。“我不属于这里！”

“谢天谢地。”一个声音说道。

他停了一下，环顾四周——然后似乎改主意了，继续往前走。等到他抵达出口的时候，整个大厅的后方已经乱成一锅粥。连远在前方讲台上的布鲁姆奎斯特似乎都注意到了远处的纷扰。他停了下来，紧张地往喧闹的方向望去。大概他以为是打架了——可能是种族冲突之类的，某种无法避免的事故。

我站起来往门口冲去。看起来是开溜的好机会。“抱歉，我想吐。”我对第一个被我踩了大腿的人说。那腿缩了回去，我又说："对不起，我快要吐了……对不起，要吐……抱歉，对，想吐……"

这次大家都友好地让开了。没人抗议。一路上伸过来的手都是帮我的。他们害怕我呕吐起来，谁都不想那样的——至少别吐他们身上。我用了大约四五十秒到达门口。

我的律师在楼下的酒吧里，正在跟一个样子挺漂亮的警察说话，四十岁上下，塑料名牌上写着是佐治亚州某地的地检官。"我本人呢，就好喝口威士忌，"他说，"我们那边没什么毒品的问题。"

"会有那一天的，"我的律师说，"到时候你半夜起来，发现卧室已经被瘾君子翻个底朝天。"

"不会吧！"乔治亚人说。"有我在就休想。"

我凑过去叫了一个大杯朗姆加冰，跟他们一起喝起来。

"你也是加州那一伙的吗，"他说，"你朋友正跟我说起他的吸毒朋友。"

"他们到处都是，"我说，"谁也躲不掉。尤其是在南方。他们喜欢温暖的天气。"

"他们都是成双成对行动，"我的律师说，"有时候是一帮子。他们会爬到你卧室里，拿着一把鲍伊猎刀骑到你胸口上。"他一本正经地点着头。"说不定还要骑在你妻子的胸口上——刀架她脖子上。”

“全能的上帝啊，”南方人说，“这国家到底是怎么了？”

“说了你都不信，”我的律师说，“洛杉矶已经失控了。先是毒品，然后是巫术。”

“巫术？妈呀，你唬我呢吧！”

“看报纸去，”我说，“等你撞见一帮瘾君子发了疯地找活人当祭品，你才知道什么叫大麻烦！”

“不会吧！”他说。“这都科幻小说上的事！”

“在我们行动的地方可不是，”我的律师说，“别的不说，就马里布，那些膜拜撒旦的王八蛋每天要杀六到八个人。”他停下来啜了口酒。“他们只要血，”他接着说，“如果有必要，他们可以直接到街上去弄人。”他点点头。“唉，可不么。前阵子我们还接了个案子，他们在一个麦当劳的汉堡店直接把一个姑娘给弄走了。是个服务生。大概十六岁吧……还是当着好多人的面！”

“然后呢？”我们的朋友问。“他们对她做了什么？”看样子这件事给他产生了极大的触动。

“做？”我的律师说。“说什么呢。他们在停车场直接就把她脑袋剁下来了啊！然后在她身上戳了各种窟窿，把血吸出来！”

“全能的上帝！”乔治亚人叫道。“就没人管管？”

“他们能怎么样呢？”我说。“那个砍头的家伙大概六尺七，可能有三百磅。他身上别着两支鲁格手枪，其他人拿 M-16。他们都是老兵……”

“那个大块头原来海军陆战队是个少校，”我的律师说，“我们知道他住哪儿，但是根本没法靠近那房子。”

“不会吧！”我们的朋友喊道。“是个少校！”

“他想要松果腺，”我说，“他就是靠吃那个长那么大的。刚从陆战队退伍的时候还是个小不点。”

“上帝啊！”我们的朋友说。“太可怕了！”

“天天如此，”我的律师说，“通常是一家子。在晚上。多数人都没醒过来，脑袋就搬家了——然后当然就晚了。”

酒保已经不再听下去了。我一直在观察他。他的表情并不平静。

“再来三杯朗姆，”我说，“加很多冰，要不再来几大块柠檬怎么样。”

他点点头，但是我能看到他的心思不在工作上。他正盯着我的名牌看。“你们是来开楼上的警察大会的吗？”他终于问了。

“就是啊，朋友。”乔治亚人说，脸上带着灿烂的笑容。

酒保悲哀地摇摇头。“我心说呢，”他说，“我从来没在这个吧台边听过这些。老天爷啊！这种工作你们是怎么干下来的？”

我的律师笑着笑了笑。“我们喜欢这工作，”他说，“妙得很。”

酒保往后退了几步；脸上蒙着一层憎恶的表情。

“你怎么回事？”我说。“这份工作总得有人去做吧。”

他盯着我看了一阵，然后转过身去。

“快点上酒，”我的律师说，“我们口渴。”他笑了，冲着扭头瞥视的酒保翻了一下白眼。“只要两个朗姆，”他说，“给我来一个血腥玛丽。”

酒保似乎僵住了。但是我们的乔治亚朋友没发现。他的心思在别的地方。“天呐，真不想听到这些，”他平静地说，“因为加州这些事好像也会到我们那里，迟早的。主要是亚特兰大，不过我估计那是这些狗杂种还与世无争的时候。有一阵子我们只需要监控他们就可以了。他们不怎么往外溜达……”他耸耸肩。“可现在呢，人人自危。他们随时会冒出来。”

“你说得对，”我的律师说，“我们在加州就发现了。你还记得曼森是在哪儿冒出来的吗？就在死亡谷正中央。他手下有一大帮子性爱狂魔都在那儿。我们只逮到几个。多数成员都跑了；就跟一群大蜥蜴似的翻过沙丘没影了……他们全都是一丝不挂的，只带着武器。”

“他们迟早会露面的，很快，”我说，“但愿到时候我们做好了防备。”

乔治亚人握起拳头锤了一下吧台。“但是我们不能把自己锁在屋子里当囚犯！”他怒吼。“我们连这些人是谁都不知道！你们是怎么识别他们的？

“没法识别，”我的律师答道，“唯一的办法是迎难而上——跟这些杂碎拼了。”

“拼了是什么意思？”他问。

“你不会不知道，”我的律师说，“我们这么干过，下次再遇到还会再干。”

“把他们的狗头砍下来，”我说，“一个不留。我们加州就是这么干的。”

“啥？”

“没错，”我的律师说，“这些都是保密的，但是全过程但凡有点身份的人都是支持我们的。”

“妈呀！没想到你们那边都到这个地步了！”我们的朋友说。

“我们一直没声张，”我说，“比如这种事就没法拿到楼上去说。有媒体在肯定不行。”

我们的朋友表示认同。“那是！”他说。“否则他们可就没完没了了。”

“杜宾从不废话。”我说。

“你说什么？”

“有时候还是直接把通脊肉给撕下来容易些，”我的律师说，“砍头的时候要是不带上狗，跟他们打起来可是不好对付。”

“全能的上帝！”

我们离开了酒吧，留他一个人坐在那儿，面无表情地摇晃着酒里的冰块。他在担心要不要把这些告诉妻子。“她是不可能明白的，”他小声说，“女人嘛，你们知道的。”

我点点头。我的律师已经走了，急匆匆穿过老虎机的迷宫往大门而去。我向我们的朋友道别，告诫他不要把我们的话传出去。

8

后门美人……长街上的直线竞速终于实现

我的律师大半夜想起来要喝咖啡。我们的车在长街上走着，他一直在相当有节奏地呕吐，“鲸鱼”的右侧已经沾上一大片。我们在“银舞鞋”赌场前等红绿灯，旁边一辆俄克拉荷马州牌照的蓝色大福特……车里是一对猪头男女，大概是莫斯科吉的警察，趁着来开毒品会的机会，带着他们的老婆逛逛拉斯维加斯。看他们那样好像刚在凯撒宫玩21点赢了33块钱，现在要去马戏-马戏狂欢庆祝……

……但是突然之间，他们发现旁边有一辆包裹着呕吐物的白色凯迪拉克敞篷，里面坐着一个300磅的萨摩亚人，穿一身黄色网眼恤，正在冲他们吼叫：

“喂！几位要买点海洛因吗？”

没有回答。看不出任何反应。有人告诫过他们，遇到这种破事，只管无视即可……

“喂，白鬼！”我的律师嘶喊。“妈的，我是说真的！我这里有些纯纯的白粉！”他把身子探出车外，离他们很近。但是依然没人回答。我往那边瞥了一下，看见四张中年美国人的惊讶面孔，直溜溜望着前方。

我们在马路中央。直接左转是违章的。我们必须等变灯后直行，然后在下一个路口逃走。我在等，脚尖紧张地点着油门……

我的律师已经失控："海洛因便宜卖了！"他叫着。"货真价实！不会上瘾！奶奶的，我知道我手上是什么货色！"他敲打着车边，好像是想引起他们的注意……但是他们不想跟我们有接触。

"你们几位是从来没跟老兵说过话？"我的律师说。"我刚从越……南回来。这是白面啊，几位！纯白面！"

灯突然变了，福特像火箭一样蹿了出去。我猛踩一脚油门，跟他们齐头并进跑了两百码，同时留意后视镜里的警察，我的律师还在冲他们叫唤："开枪！操！白面！血！海洛因！强奸！便宜！共产党！捅到你眼珠子里！"

我们高速向马戏-马戏进发，那辆俄克拉荷马车在往左打，企图强行并入转弯车道。我把"鲸鱼"踩到了超车挡，让两辆车贴着挡泥板开了一阵子。他没打算撞我；能在他眼睛里看到恐惧……

后座那个男人失控了……隔着他老婆疯狂地冲我们嘶喊："你们这帮狗东西！靠边，看我不宰了你们！去你妈的！王八蛋！"看样子他已经气疯了，随时可以把身子伸出窗外，钻进我们车里。幸好那辆福特是个双门款。他出不来。

我们正在接近下一个红绿灯，福特还在试图往左并。我们都在全速行驶。我扭头看了一眼，其他车已经被我们甩在身后；右侧空荡荡的。因此我猛踹一脚刹车，让我的律师一头撞在仪表盘上，福特第一时间加速冲到了前面，我擦着它的车尾转到一条辅路。这是个横跨三条车道的急速右转。但是很有效。福特在路口的车流中受阻，尖叫着向左转。运气稍好点，他该因为鲁莽驾驶被捕的。

我们在沙漠旅店后面的一条又脏又乱的街上晃晃悠悠地低速行驶着，没有开灯，我的律师在笑。“老天爷啊，”他说，“那帮俄州佬来劲了。后座那人想咬我来着！嘴角都起沫子了。”他一脸正经地说：“应该让那混蛋尝尝梅斯的……就是一个神经病罪犯，彻底疯了……这种人根本不知道什么时候就爆发了。”

我开着“鲸鱼”转了一个弯，似乎从这里可以离开这迷宫——但是这破车没滑出去，倒是差点翻了。

“妈呀！”我的律师叫道。“你他妈开灯啊！”他紧紧抓住前挡的上沿……突然身子往外伸出去，开始大口吐起来。

在确信没人跟踪之前，我是不会减速的——尤其是那辆俄克拉荷马福特：那些人绝对是危险人物，至少得等他们冷静下来。他们会不会向警方报告刚才那次可怕的遭遇战呢？也许不会。事情发生得太突然，没有目击证人，反正很有可能没人相信他们的话。两个海洛因贩子开着一辆白色凯迪拉克敞篷在拉斯维加斯长街来回晃荡，辱骂正在等灯的陌生人，可以初步认定纯属胡扯。连桑尼·里斯顿都不会离谱到这个地步。

我们又转过一个弯，还是差点翻车。要在城市居住区街道高速过弯，城市车并非上选。操控不够干脆……不像"大红鲨"，在这种需要高速四轮漂移的情况下反应十分敏捷。但是，"鲸鱼"在关键时刻非但不会像只脱缰野马，反倒有扎根的趋势，而后就带来了那种"得，又来了"的可恶感觉。

起初我以为那是因为轮胎软了，我把车开到火烈鸟酒店隔壁的德上古加油站，把每只胎的气都打到五十磅——这引起了服务员的注意，直到我跟他解释说这些是"实验"用胎。

但是五十磅的胎压对过弯是没帮助的，所以我几个小时后又去找他，让他给我试试加到七十五。他紧张地摇着头。"我不干，"他边说边把充气管递给我，"给。你的轮胎。你自己来。"

"怎么了？"我问。"你觉得七十五它们顶不住？"

他点点头，走到远处去看着我从左前轮开始。"你猜对了，”他说，“这些轮胎应该是前轮二十八，后轮三十二。五十是危险的，七十五就是发疯了。会炸的！”

我摇了摇头，继续给左前轮打气。“我不说了么.”我说。这些轮胎是桑多兹实验室设计的。是特制的。我最高能充到一百。

“全能的上帝！”他苦叫一声。“别在这里弄啊。”

“今天不会，”我答道，“我想看看七十五过弯情况怎么样。”

他小声笑了一下。“你这样根本撑不到拐弯，先生。”

“走着瞧，”我说，现在我已经拿着充气管到了后面。说实话，我是紧张的。两个前轮现在绷得比小军鼓还紧；用棍子捅上去像是两块柚木。但是，管它呢？我心想。就算炸了又怎么样？用一辆刚出厂的凯迪拉克和四只全新的八十美元轮胎做一场终极实验，这样的机会，一个男人一生能碰到几次呢。据我所知，这东西现在过起弯来应该跟莲花艾兰[1]差不多了。要是不行，我也只需要打电话给贵宾经销商，让他们再送一辆过来……也许可以用打官司要挟，因为四个轮胎全爆了，当时我可正在繁忙的马路上行

[1] 莲花汽车（Lotus，又译为路特斯）是一家英国跑车与赛车制造商，因设计制造划时代的赛车与极度轻量和拥有传奇性操控特色的汽车而著名。

驶。下次要一辆埃尔多拉多，配四个米其林X胎。全都刷卡……记在圣路易棕人队账上。

事实上“鲸鱼”在改变了胎压后状态颇佳。开起来稍稍有些颠；我能感受到高速路上的每一块石头，就像在采石场里玩轮滑……但是这家伙开始呈现出高水准的过弯能力，很像在大雨中高速行驶的摩托车：一个滑动，唰，就到了高边儿[1]，双手抱着头连人带车侧翻出去。

* * *

和俄州佬的小冲突过去大概三十分钟后，我们在托诺帕高速路一家通宵营业餐厅停了下来，那地方是一片毒品泛滥、无法无天的郊区贫民窟，叫做“北拉斯维加斯”。它其实已经不属于拉斯维加斯地界。当你在长街上惹了太多麻烦，连赌场中心周围的下城廉价场所都已经不欢迎你时，就该来北维加斯了。

这里是内华达版的东圣路易——一个贫民区，一片坟地，踏上前往伊利或温尼马卡的永久放逐之旅前的最后一站。如果你是一个年届四十的妓女，长街的经营人认为你

[1] 指弯道外沿。

已经不适合给那里的豪赌客服务……或者，如果你是一个在金沙名声很差的皮条客……或者是个“蹦头”[1]——拉斯维加斯至今仍在用这个词——北维加斯就是你的归宿。就是说从烂醉鬼到瘾君子，什么人都是有可能的，但从商业认可度层面讲，这里意味着你在所有正经地方都已经完了。

大酒店和赌场会花很多钱雇打手，确保豪赌客不会受到哪怕一丁点“令人不快”的侵扰。像凯撒宫这样的地方，保安是非常严密的。任何时候在大厅里大概都有三分之一的人是托儿或者监察员。在公共场合喝醉的，或者已知的扒手，都会被第一时间处理掉———一帮特勤局扮相的流氓会把你驾到停车场去，给你上一堂简短而客观的课，告诉你看牙医有多贵，以及用两条断臂讨生活有多艰难。

拉斯维加斯的“高边儿”可能是西西里岛以西最封闭的社会——以这地方的日常生活方式，它的统治者是福星卢西亚诺[2]还是霍华德·休斯[3]，其实是没什么分别的。汤姆·琼斯在凯撒宫一晚上演两场，一周可以赚七万五千美元，在这样的经济环境里，门卫是不可或缺的，他们才不

[1] “蹦头”（hophead），滥用毒品的人。

[2] 卢西亚诺（Lucky Luciano，1897—1962），出生于西西里的美国黑帮头目，被称为美国现代有组织犯罪之父。

[3] 霍华德·休斯（Howard Hughes，1905—1976），知名富商，当时的拉斯维加斯大亨。

在乎是谁给的钱。像拉斯维加斯这样的金矿和其他任何金矿一样，是会孕育出自己的军队的。雇佣打手往往会围绕着金钱和权力的核心迅速层层集聚起来……在这里，大笔的钱，和保护它的巨大权力，是完全等同的。

所以，一旦你进了长街的黑名单，不管是因为什么，你要么被踢出这座城市，要么就得到北维加斯这个被遗忘的卑劣之地继续你的廉价行当……跟枪手、骗子、吸毒废人等等可怜虫为伍。比如说，要是你大半夜的想找点白粉又没有门路，那就得去北维加斯了。

但是，如果你想弄点可卡因，又愿意预付一些现金，知道怎么对暗号，那么还是待在长街吧，物色一个人脉广的妓女，这一步首先就得掏钱。

这些就不多说了。我们不符合条件。在拉斯维加斯开一辆白色凯迪拉克，车上装满了毒品，没有合适的东西与之勾兑，这种局面是无解的。飞尔魔风格在这里不太适用。辛纳屈和迪恩·马丁这样的人物，在拉斯维加斯仍属“标新立异”。这里的“地下报纸”——《拉斯维加斯自由报》——差不多是谨慎版的《人民世界》或者《国家卫报》吧。[1]

---

[1] 《人民世界》(*The People's World*)是美国共产党机关报之一，《国家卫报》(*National Guardian*)是激进的左翼周报。

在拉斯维加斯待上一个礼拜，就像一不小心撞见了时间扭曲，一段回归五十年代末的旅行。看看在这里一掷千金的人，都是丹佛和达拉斯之类的地方来的，还有全国赤鹿俱乐部大会（黑鬼不得入内）和大西部志愿牧羊人集会，想想也就完全合情合理了。就这些人，要是让他们看见一个脱得只剩乳贴的老妓女在伸展台上阔步前行，一帮五十多岁的瘾君子就着即兴演绎的《九月之歌》打拍子，肯定是要发疯的。

我们把车开进北维加斯餐厅差不多是3点。我在找《洛杉矶时报》，想看看外面的世界有什么新闻，但是往报纸架上扫了一眼，我意识到这个念头有多可笑。北维加斯人不需要时报。没新闻就是好新闻。

"去他妈的报纸，"我的律师说，"我们现在需要的是咖啡。"

我同意，但还是偷了一份《维加斯太阳报》。是昨天的，但我无所谓。走进一家咖啡馆，手上却没有报纸，想着都让人不安。永远都会有体育版；了解最新棒球赛比分和职业橄榄球八卦："巴特 · 斯塔尔在芝加哥酒馆遭暴徒殴打；包装工队寻求交易"……"奈米斯离开喷气机队就任亚拉巴马州长"……在46页有一篇预测文章，讲一个格兰博林高中的大热门新秀，名叫哈里森·费厄：跑百米只要九秒，344磅，还在长。

“这个费厄绝对前途无量，”教练说，“昨天，开始训练前，他徒手把一辆灰狗巴士给毁了，昨晚他干掉了一列地铁。他天生就适合上彩色电视。我不是个偏心的人，但看起来我们得为他创造空间。”

没错。像这种能在九秒内把人打成肉酱的人，电视上永远有他的空间……但是在今晚，在这个北星咖啡屋里，没多少这样的人物。就我们俩人——事实证明这是件幸事，因为我们在来的路上又吃了两颗麦司卡林，药劲现在开始上来了。

我的律师已经止住呕吐，甚至都不恶心了。他用一个已经习惯了殷勤伺候的男人的口气点了一杯咖啡。女服务员看上去像是一个终于找到人生定位的老妓女。她在这里绝对是说一不二的，带着不喜的表情看着我们坐上凳子。

我没太注意。北星咖啡屋在我们看来像是个躲避风暴的安全所在。干我们这一行的，有些地方你一进去就知道不好对付。细节不重要。唯一确知的是，当你靠近它的大门，大脑就会产生剧烈的震颤。某种狂暴而邪恶的事情即将发生；你，会被卷入其中。

但是在北星的环境里没有什么让我起戒心的东西。女服务员有种冷漠的敌意，不过这是我已经习惯了的。那女人是个大块头。不胖，但是从头到脚都很大，两条肌肉发达的长胳膊，一个练家子才有的下巴。她就像一个疲倦的漫画版珍·罗素[1]：一个黑发大脑袋，脸上画了两道唇膏，一对 48E 的胸，估计二十年前是很壮观的一道风景，说不定那时候她在“地狱天使”的圣贝纳迪诺分会是个“妈妈”[2]式的人物……可如今她已经戴上一副巨大的粉色弹性奶罩，透过汗津津的白色人造丝制服，看上去像一团绷带。

可能她已经嫁人了，但我不想去推测这个。今晚，我需要从她那得到的，唯有一杯黑咖啡和一个有酸黄瓜和洋葱的二十九美分汉堡。别烦我，别说话——我只想找个地方休息，收拾思绪。我甚至都不饿。

我的律师没有报纸或任何其他能吸引他注意力的东西。百无聊赖之下，他把心思放在了女服务员上。她像个机器人似的给我们点菜，直到我的律师用“两杯冰水——加冰”这个要求，打破了她周身的冰层。

我的律师一口气把他的水喝干，要求再来一杯。我注

[1] 珍·罗素（Jane Russell，1921—2011），活跃于二十世纪四五十年代的好莱坞性感女星。

[2] “妈妈”（Mama），暗指“地狱天使”蒙特利尔分会头目、绰号“妈妈”（Mom）的莫西思·布希（Maurice Boucher）。

意到女服务员有些紧张了。

去他妈的，我心想。我在看漫画版。

十分钟后，她把汉堡端了上来，我看到我的律师递给她一张纸巾，上面有字。他的动作很自然，脸上没有任何表情。但是看那架势，我知道我们的平静即将被打破。

“那是什么？”我问他。

他耸耸肩，暧昧地冲女服务员笑笑，她此刻站在十英尺开外的柜台一头，背对着我们端详手上的纸巾。终于，她转过身注视着我们……然后坚定地走过来，把纸巾一把扔给我的律师。

“这什么？”她呵斥道。

“纸巾。”我的律师说。

一段令人心悸的沉默过后，她开始嘶喊：“别跟我来这套！我知道什么意思！就你们这种一身肥油拉皮条的！”

我的律师捡起纸巾，看了看自己写的东西，重新把它扔回到柜台上。“那是我以前的一匹马的名字，”他镇定地说道，“你这人什么毛病啊？”

“狗东西！”她尖叫着。“我在这儿遇到过不少屁事，可是要让我忍一个拉美鸡头，没门！”

天啊！我心想。出什么事了？我盯着那女人的手，可千万别捡起什么尖利或沉重的家伙来。我捡起纸巾，看到那个畜生在上面用红字精心地写着："后门美人？"问号是加粗的。

那女人又开始尖叫了："把单买了，给我滚！是要我叫警察吗？"

我伸手去拿钱包，但我的律师已经站了起来，眼睛一直盯着那女人……然后他伸手到自己的衬衫里——不是口袋——突然掏出了戈博"迷你马格南"，看来女服务员第一时间就明白了，那是把寒光森森的刀子。

她僵住了：双眼发狂地盯着刀子。我的律师一边看着她，一边沿着过道走了大概六英尺，来到公共电话边，拿起听筒。他把线割断，拿着听筒回到座位上坐下。

女服务员没有动。我已经被吓傻了，不知道是该跑还是笑。

"那个柠檬酥皮馅饼多少钱？"我的律师问。他的声音很放松，好像刚刚悠闲地走进这里，开始考虑点什么。

"三十五美分！"她不假思索地说。她的眼神充满恐惧，但是显然大脑还保持着一些基本的机动求生功能。

我的律师笑了。"我问的是一整个饼。"他说。

她哀叹了一声。

我的律师放了一张钱在柜台上。"那就五块吧，"他说，"怎么样？"

她点了点头，还是僵着，看着我的律师绕过柜台，从展示柜里拿出馅饼，我已经准备好离开。

女服务员显然是被吓呆了。在一场激烈的争吵中见人突然拔刀，显然激起了一些糟糕的回忆。她焦灼的眼神说明她被人割过喉咙。我们走的时候她还是处在瘫痪中。

9 天堂路上的崩溃

编者按：

杜克博士的生平，在这里似乎出现了一个彻底的断层；手稿被撕成碎片，我们被迫找出原始录音，逐字逐句地誊录下来。我们无意对这一段加以编辑，杜克博士甚至拒绝去看它。我们无法跟他取得联系。在这段时期里，我们手头唯一的地址／联系方式是一部移动电话，位于61号高速公路上的某个地方——为联系杜克，我们多次尝试拨打这个号码，皆徒劳无功。

为保新闻报道之纯洁，我们将原封不动地将录音内容连同他的手稿发表出来，这段录音是杜克博士作为证据交给我们的。从录音来看，这段对话之前发生了一件事，当事人包括杜克、他的律师以及在北维加斯一家通宵餐馆的一名女服务员。此后的这段对话，似乎基于杜克和他的律师的一个共识——在地检官大会麻醉剂和危险药物研讨会的乏味桎梏下，追寻美国梦是无望的。

谈话始于拉斯维加斯东北郊的某个地方——他们正开着“白鲸“在天堂路上疾驶……

律师：右转是博尔德城。那是个镇子吧？

杜克：对。

律师：咱们去博尔德城。

杜克：行啊。找个地方喝咖啡……

律师：就这里吧，美国泰瑞玉米卷摊。我可以来一个玉米卷。一块钱五个。

杜克：听着很吓人。我宁可找个五十分钱一个的地方。

律师：不行……过了这地方说不定再也找不到卖玉米卷的。

杜克：……我需要咖啡。

律师：我要玉米卷……

杜克：一块钱五个，就相当于……一块钱五个汉堡啊。

律师：不对……你不能根据价钱来判断玉米卷的好坏。

杜克：你觉得你能把价钱谈下来？

律师：有戏。一个汉堡二十九分钱。玉米卷二十九分。这就是个便宜地方而已。

杜克：去跟他们砍价吧……

[此处只有嘈杂声。——编者]

律师：……你好。

女服务员：您需要什么？

律师：嗯，你们有玉米卷吗？是墨西哥玉米卷，还是普通玉米卷？就是说，里面有辣椒什么的吗？

女服务员：我们有奶酪和生菜，我们还有酱汁，就是浇在上面的那种。

律师：我的意思是，你能不能保证是正宗的墨西哥玉米卷？

女服务员：……我不知道。卢，我们有没有正宗墨西哥玉米卷？

从厨房传出女人的声音：什么？

女服务员：正宗墨西哥玉米卷。

卢：我们有玉米卷。我不知道它们有多墨西哥。

律师：嗯，好，我就是想弄清楚我花钱到底买了什么。是一美元五个对吧？我来五个。

杜克：玉米卷堡，那是什么玩意？

[柴油卡车的声音。——编辑]

律师：就是一个汉堡，里面夹着玉米卷。

女服务员：……而不是用脆皮。

杜克：面包夹馅。

律师：我看啊，你们的玉米卷根本就是用脆皮的汉堡，不是用面包。

女服务员：我不知道……

律师：你是刚来上班吧？

女服务员：就今天来的。

律师：我猜就是。以前没见过你。你是在附近上学？

女服务员：没有，我不念书了。

律师：啊？为什么？生病了？

杜克：别管那些了。我们是来买玉米卷的。

[停顿。]

律师：作为你的律师，我建议你来一个辣堡。就是汉堡加辣酱。

杜克：那个我觉得口味太重了。

律师：那么我建议你来一个玉米卷汉堡，试试那个。

杜克：……玉米卷里有肉。我试试那个。再来杯咖啡。现在就给我。我好一边喝一边等。

律师：你的眼睛是蓝色还是绿色？

女服务员：什么？

律师：蓝还是绿？

女服务员：会变的。

律师：就像蜥蜴那样？

女服务员：像猫。

律师：哦，蜥蜴的皮肤会变色的……

女服务员：需要什么饮料吗？

律师：啤酒。我车上有啤酒。一大堆。后座全是啤酒。

杜克：我不喜欢椰子跟啤酒和汉堡混一起吃。

律师：行，咱们把那破玩意就扔高速路中间，给它砸了……博尔德城离这里远吗？

女服务员：博尔德城？要糖吗？

杜克：好。

律师：这就是博尔德城里，对吧？或者已经很近了？

杜克：我不知道。

女服务员：在那儿。那个标志写着博尔德城，行了吧。你们是内华达来的？

律师：不是。我们是头一回到这里。路过。

女服务员：你就沿着这路一直往前走就行。

律师：博尔德城有什么好玩的？

女服务员：别问我。我不……

律师：有赌博的吗？

女服务员：我不知道，这是个小地方。

杜克：赌场在哪儿？

女服务员：不知道。

律师：对了，你是哪人？

女服务员：纽约。

律师：然而你这是头一天到这里。

女服务员：不是，我来了有阵子了。

律师：你都会去哪儿？比如要游个泳之类的？

女服务员：就我家后院。

律师：地址是？

女服务员：呃，就去……啊……泳池还没开放呢。

律师：我来解释一下吧，我会尽可能简要些。我们在寻找美国梦，有人跟我们说它就在这一带……我们就是来找它的，因为有人派我们大老远从旧金山到这里来找。所以他们给了我们这辆白色凯迪拉克，他们觉得我们开着这个能赶上它……

女服务员：喂，卢，你知道美国梦在哪吗？

律师（对杜克）：她在问厨师，看他知不知道美国梦在哪儿。

女服务员：五个玉米卷，一个玉米卷堡。你知道美国梦在哪儿吗？

卢：什么？那是什么东西？

律师：我们也不知道，有人派我们从旧金山跑到这里来找美国梦，是个杂志派我们的，要报道。

卢：哦，你是说那是个地方？

律师：一个叫美国梦的地方。

卢：会不会是那个老精神科医生俱乐部?

女服务员：我看是。

律师：老精神科医生俱乐部?

卢：老精神科医生俱乐部，在天堂路……你们真的假的?

律师：啊，都是实话，你看看那车，我像是买得起那种车的人吗?

卢：有没有可能是老精神科医生俱乐部?那是个迪斯科厅……

律师：可能就是它了。

女服务员：在天堂路上然后呢?

卢：老精神科医生俱乐部是罗斯·艾伦的。他现在是老板?

杜克：我不知道。

律师：我们得到的指示就是找到美国梦。开上这辆白色凯迪拉克，去找美国梦。在拉斯维加斯地区。

卢：那肯定是很老的地方……

律师：……这事挺傻的，但是你看，我们就是靠这个挣钱的。

卢：你们要拍照还是……

律师：不不不，不拍照。

卢：……说不定是他们给你派了个不着调的任务？

律师：是有点不着调，多多少少吧，但是我们自己对这事还是非常严肃的。

卢：肯定是老精神科医生俱乐部，不过在那儿混的都是一帮毒贩子买卖人，要么兴奋的要么镇定的，就那些玩意。

律师：可能就是了。是只有晚上还是全天都这样……

卢：亲爱的，他们不打烊的。但是那不是个赌场。

杜克：那它算是个什么地方？

卢：在天堂路，哈，老精神科医生俱乐部在天堂路上。

律师：就叫这名字，老精神科医生俱乐部？

卢：不是，以前叫这个，但是被人买下来了……我没听说过有人管它叫美国梦的，好像是，属于什么来着，呃……是个精神病场所，就是吸毒上瘾的人去的地方。

律师：精神病场所？你是说是个精神病院？

卢：不是，亲爱的，就是不正经的小贩，卖毒品的，都去那儿，就在那儿晃悠着。反正那地方小孩进去就抽上大麻的，什么都有……但是不叫你说的美国梦。

律师：你知不知道它有可能叫什么呢？或者多少告诉我们大概的位置？

卢：就在天堂路和东大道。

女服务员：可是天堂和东大道是平行的。

卢：是，但是我是从东大道出来，然后去天堂路……

女服务员：是，我知道，但是那样就离开天堂路到火烈鸟附近了，直接到这里。我觉得可能有人给了你一……

律师：我们就住火烈鸟。我觉得你说的这个地方，根据你的描述，我觉得可能就是了。

卢：那可不是旅游景点。

律师：这个嘛，他们就是因为这样才派我们来的。他是作家：我是保镖。因为我估计会……

卢：那些家伙不正常……那些小孩，都不正常。

律师：那没什么。

女服务员：对，他们自己定了法律。

杜克：全天二十四小时暴力？是这个意思吗？

卢：就是。这里是火烈鸟……哟，这个不能给你看；我用我的法子来跟你说更清楚。就在这里，第一个加油站，就是热带花园，右转。

律师：热带花园右转。

卢：第一个加油站是热带花园路。到热带花园右转，这么走……热带花园右转，天堂右转，你会看到一座很大的黑楼，整个都是黑色，样子特别怪。

律师：热带花园右转，天堂右转，黑楼……

卢：大楼侧面有个标志写着精神科医生俱乐部，不过他们在重新装修。

律师：好的，这样足够接近了……

卢：还有什么能帮上忙的尽管说，亲爱的……我都不知道这是不是那地方。感觉你们两位这么找应该有戏。

律师：对。这是两天来我们找到的最好线索了，我们一直在到处问人。

卢：……我可以打几个电话，肯定能找到。

律师：可以吗？

卢：肯定，我给艾伦打电话，问问他。

律师：呦呵，要是可以的话就很感激了。

女服务员：你到了花园酒店，不是第一个加油站，是第二个。

卢：在这里的街上有个很大的标志，上面写着热带花园大道。右转，到了天堂路，再右转。

律师：好。大黑楼，天堂右转：全天二十四小时暴力，毒品……

女服务员：你看，这里是热带花园，这里是博尔德高速，很清楚是这么走。

杜克：好，那么这个是到挺市中心的地方了。

女服务员：喏，天堂差不多在这里断开。这里是天堂区。对，我们就在这里。看，这是博尔德高速……然后热带花园。

卢：嗯，不是这样，那里的酒保也是个抽大麻的……

律师：嗯，好，这是个线索。

卢：你们会庆幸选择在这里停的，二位。

杜克：要是能找到的话。

律师：要是我们能写出文章发出来的话。

女服务员：嗯，你们要不要进来坐一会？

杜克：我们想尽可能多晒点太阳。

律师：她要打个电话确定那地方在哪儿。

杜克：噢。好，那咱们去里边吧。

编者按（续）：

由于一些黏液在磁头下方形成了硬壳，导致接下来一段的录音无法清楚听辨。不过在杂乱的声音中还是可以听出一些连贯性，表明将近两个小时后，杜克博士和他的律师终于找到了“老精神科医生俱乐部”的遗迹——一块破裂、焦黑的巨大水泥板，躺在一片野草繁茂的空地上。对面的加油站老板说那地方“大概三年前烧毁了”。

10
机场的考验……可怕的秘鲁记忆闪回……“别，太晚了！别硬来！”

我的律师一大早就走了。由于我找不到机场，我们差点误了去洛杉矶的第一班飞机。离酒店不到半小时车程。对此我很确信。所以我们是 7 点半半准时离开火烈鸟的……但是出于某些原因，我们没有在热带花园前的红绿灯转到岔道。我们一直在高速路上直行，那条路跟机场的主跑道是平行的，但是航站楼在跑道另一边……要穿过去不违法是不可能的。

“妈的！我们迷路了！”我的律师叫道。“我们在这条破路上干什么呢？机场就在那儿！”他歇斯底里地指着远方的冻原。

“放心吧，”我说，“我还从来没误过飞机呢。”我笑了笑，想起一些事来。“就在秘鲁有一次，”我又说，“我已经出国了，过了海关，但是我又转回来到酒吧跟一个玻利维亚可卡因贩子聊了几句……然后突然就听见那种 707 大引擎启动的声音，然后我就跑到跑道上企图登机，但是门就在引擎后面，他们已经把梯子收起来了。我操我差点被后燃器当培根一样给烤了……但是我已经完全失去理智了，玩了命就是想登机。

“机场警察看见我过来，在门口站成一排堵我。我跟个野种似的跑啊，直接冲过去。跟我一起那人在喊：‘别，太晚了！别硬来！’

“我看到警察在候着我，就慢了一下，做出我改变主意的样子……等我一看见他们松下来，立刻变速，打算从那帮杂种上面越过去。”我笑道。“哎呀，就跟全速冲进一个塞满毒蜥的柜子似的。那帮畜生差点把我弄死。我记得有五根还是六根警棍往我身上招呼，有个声音在喊：‘不行！不行！那是找死！拦住那个白鬼疯子！’

“大概两个钟头后我在利马市区一个酒吧醒来。他们把我摊在那种半月形的皮椅上。我的行李就堆在一边。没被人打开过……所以我就继续睡了，第二天上午搭第一班飞机离开。”

我的律师有一搭没一搭地听着。“是这样，”他说，“我很乐意多听听你在秘鲁的历险，但是现在不行。现在我关心的只是穿过那条混账跑道。”

我们正以理想的速度疾驶着。我在找出口，通道什么的，通往到跑道另一边的航站楼的小路。我们离最后一个红绿灯已经开出五英里，调头往回走已经来不及了。

要能赶到只有一个办法了。我踩下刹车，让“鲸鱼”减速驶入高速路两条车道中间那条杂草丛生的壕沟。沟太深了，不能直接下去，所以我走了个角度。“鲸鱼”几乎要翻，但我让轮子一直转着，摇摇摆摆地往壕沟对岸开过去，冲进了对面车道。运气不错，对面没车。从沟里出来的时候，我们的车头像潜艇水平舵一样高高挑起……然后拍在高速路上，径直冲向路对面的仙人掌丛。我记得好像撞翻了一道篱笆还是什么，拖着它跑了几百码，但是等到达跑道上时，我们已经完全控制住了……在低挡位以约六十英里的时速尖叫着往前冲，看起来去往航站楼是一片坦途。

唯一让我担心的是突然来一架 DC-8[1]，把我们当蟑螂给碾了，因为估计等你发现的时候，它都已经到头顶了。不知道塔台看不看得到我们。可能吧，可是有什么好担心的？我一直是在地面上。现在回头已经没有意义了。

我的律师两手抓着仪表盘。我瞥了一眼，看见他眼中流露出恐惧。他的脸显得发灰，我感觉他对这么做是不满意的，但是我们在全速穿越跑道——然后是一片仙人掌，

[1] 即道格拉斯 DC-8，一种四发动机大型喷气式客机。

然后又是跑道——我知道他明白我们的处境：我们已经错过了就这一举动是否明智进行辩论的时机；已经做出来了，我们唯一的希望就是能到另一边去。

我看了一眼我的骷髅表盘电子表，离起飞还有 3 分 15 秒。“有的是时间，”我说，“准备好东西。我把你直接放到飞机边上。”在我们前方大概一千码的地方，我能看到一架巨大的红银色西部航空喷气式客机……这时候我们已经穿过到达跑道，在平滑的柏油路上飞驰了。

“不行！”他喊道。“我不能下去！他们会整死我的。黑锅就全我背了！”

“胡扯，”我说，“就说你是徒步走到机场的，然后搭了我的车。你完全不认识我。操，这座城市到处都是白色凯迪拉克敞篷……我打算到了那儿马上走，快到所有人连瞅一眼车牌的机会都没有。”

我们离飞机越来越近，我能看到乘客在登机，目前为止还没有人发现我们……从这个意想不到的方向靠近飞机。“准备好了吗？”我说。

他哀叹了一声。“也没什么不行的，但是老天保佑，咱们动作得快点！”他扫视着登机区，然后用手一指：“去那里！”他说。“把我放在那个大货车后面。就停在它后面，我在他们看不见的地方下来，然后你就可以溜走了。”

我点点头。目前看来我们有足够的运作空间。没有警报或追捕的迹象。我怀疑是不是这种事在拉斯维加斯见怪不怪——满载着迟到乘客的汽车玩命地穿越跑道，放下一脸恐惧的萨摩亚人，他们抓着可疑的帆布包，在最后关头冲上飞机，在轰鸣声中飞向冉冉升起的太阳。

可能是这样，我心想。可能这种事在这里是标准程序……

我转到货车后面，点了一下刹车，刚好够我的律师跳出车外就行。“别听那群猪胡扯，”我喊着，“记住，要是有麻烦，你知道该给正确的人发电报。”

他咧嘴笑了起来。“是啊……说明我的情况，”他说，“有个混蛋为这事写过首诗来着。可能是个好建议，如果你脑子里是屎的话。”他跟我挥手道别。

“对。”我一边说着一边开始离开。我已经在巨大的铁丝网护墙上找到一个缺口——现在开始把“鲸鱼”打到低挡位往那儿开。好像没人在追我。难以置信。我看了一眼后视镜，看见我的律师正在往飞机上爬，看不出有什么困难……就这样，我穿过缺口，融入清晨天堂路的车流中。

我快速右转上了拉塞尔路，然后左转到马里兰林荫道……转眼间，我已经舒舒服服地隐匿在人海里，驶过拉斯维加斯大学校园……这些人的脸上看不到紧张；我在一个红灯前停下来，人行道上的躯体包裹在阳光里，让我一时间不知道身在何处：优美有力的大腿，粉色迷你裙，成熟青春的乳头，无袖衬衫，披肩的金发，粉色嘴唇和蓝色眼睛——这些都是一种文化的特征，一种极度天真的文化。

我挺想把车停到路边，下来小声嘟哝一些淫秽的请求："嘿，宝贝儿，咱们干点怪事吧。跳上这辆热狗凯迪，杀到我在火烈鸟的套房，吸上几大口乙醚，在我的腰子形私人泳池里放荡一场……"

肯定可以的，我心想。但是这时候我已经在林荫道上开出去很远了，缓缓并入左转车道，上火烈鸟路。回酒店，清点存货。种种迹象表明我就要惹祸上身了，好运已经被我耗光。我藐视了拉斯维加斯的一切规则——坑害本地人，虐待游客，恐吓来帮手的人。

我感觉，现在唯一的希望是，我们的这出大戏还有更夸张的余地，夸张到任何一个有责任要整治我们的人都没法相信这是真的。尤其是在我们登记参加了警察大会后。在这地方，你要想玩花样，就得玩得大一些。别在鸡毛蒜皮的便宜货和小罪上浪费时间。直奔要害去。直接上重罪。

拉斯维加斯的思维方式是极度原始的，以至于真正严重的罪行往往会被人忽视。我的一个邻居最近因为"流浪罪”在拉斯维加斯监狱待了一个礼拜。他二十岁左右：长发，李维斯夹克，背包——一看就是个流浪汉，正经的苦行者。完全无害；他只是在周游全国，寻找一些我们都认为在六十年代已经确定了的东西——有点像鲍勃·齐默曼[1]早年的一次旅行。

有一次他从芝加哥去洛杉矶，对拉斯维加斯有些好奇，于是决定去看看。只是路过，在长街上溜达着，欣赏风景……慢慢地，着什么急呢？警车开过来的时候，他正站在马戏-马戏附近一个街角，看着彩色喷泉。

嘭。直接进监狱。不能打电话，没有律师，没有控罪。“他们把我弄进车里，去了警察局，”他说，“他们带我进了一个有很多人的大房间，让我把衣服都脱了，然后给我办手续。我站在一个大桌子前，大概有六尺高，一个警察坐在后面俯视着我，像个中世纪判官。

“房间里都是人。可能有十来个囚犯；警察的数量是这个的两倍，其中有约十名女警。你得走到房间中央，把口袋里的东西都掏出来，放到桌上，然后脱光——所有人都看着你。

“我只有大概二十块钱，流浪罪的罚款是二十五，所

[1] 鲍勃·齐默曼（Bob Zimmerman），即鲍勃·迪伦。

以他们让我坐在一条凳子上，跟其他要坐牢的在一起。没人来骚扰我。就像个流水线。

“我后面两个人是长发。吃迷幻药的。他们也是因为流浪被抓。但是他们在掏空口袋的时候把整个屋子的人都吓呆了。他们俩加起来有十三万美元，大多是大票子。警察都傻眼了。那哥俩不停地掏出一沓又一沓的钱，扔在桌子上……两个人都光着，背有点弓着，什么也没说。

“警察看到那么多钱都疯了。他们开始相互耳语；妈呀，根本不可能以‘流浪’的理由扣押这两位。他笑着说。所以他们就指控他们‘涉嫌逃避所得税’。

“他们把我们全都送到监狱，那两人都快疯了。不出所料，他们都是贩子，货都藏在他们的酒店房间里——所以一定得赶在警察知道他们的住处前出去。

“他们给了一个看守一百块，要他出去帮他们找城里最好的律师……约二十分钟后他已经来了，嚷嚷着人身保护令之类……我也想跟他说说，但这家伙一根筋。我跟他说，只要他们能让我打个电话给在芝加哥的父亲，我就能取保，说不定还能给他点报酬，但是他在忙着坑其他人，顾不上我。

“两个小时后他跟一个看守过来，说‘走吧’。他们出去了。在之前他们等待的时候，其中一个人跟我说这一下可能要花去三万美元……我估计是真的，可是那又怎么样？跟想办法越狱比起来，这已经很便宜了。

“他们终于同意让我发个电报给老爷子，他给我汇了一百二十五块……但那是七八天后的事了；我不太确定在里面待了多久，因为那地方没有窗户，他们是每十二个小时给我们一顿饭……看不见太阳，人就不知道时间了。

“他们在每间牢房里关了七十五个人——房间很大，中间有个马桶。进去的时候他们会给你一个托盘，你自己找个地方睡下。我旁边那人已经在那里关了三年了，因为抢劫加油站。

“最后等到我出去的时候，除了我欠的流浪罚款，办公桌边那个警察从我父亲寄来的钱里又扣了二十五块。我能说什么呢？他就这么拿了。然后他把剩下的七十五美元给了我，说给我叫了辆出租车，拉我去机场……上车后，司机说：‘哥们，我们中间不会停，到机场前，你最好老老实实待着。’

“我一动也没动。要不他会开枪的。我很明白。我直接就到了机场，没跟任何人说话，直到明确已经离开了内华达。好家伙，那地方我是这辈子也不会去了。”

11

欺诈？盗窃？强奸？……与布草房的爱丽丝建立残酷的联系

我忧心忡忡地想着这个故事，把“白鲸”停到了火烈鸟的停车场。五十块，关一个礼拜，就因为站在一个街角，做出好奇的样子……天啊，这要是轮到我了，他们会祭出怎样难以置信的刑罚？我核对了各种指控——以简要的、法律用语的形式来看，似乎不算太糟：

强奸？这条我们肯定能推翻。我根本对那个倒霉姑娘连心思都没动过，更别说对她的身体动手动脚了。欺诈？盗窃？总是有办法“和解”的。花钱摆平。就说我是《体育画报》派来的，然后把时代公司的律师拉进来，打一场噩梦官司。用铺天盖地的令状和上诉缠他们几年。把他们在朱诺和休斯顿等地的资产都扣押了，然后不断提议将审判地改到基多、诺姆和阿鲁巴……不停地动，带着他们转圈，迫使他们跟会计部门起冲突：

时间表

首席法务阿伯纳 · H. 道奇

项目：44066.12 美元……特别开支，即：我们在整个西半球范围内追查被告人 R· 杜克，最终将其困在加勒比海上一个名为库莱布拉的岛屿北岸的一座小村庄里，他的律师在那里取得了一项法庭判令，要求此后的诉讼必须全部使用卡里布土著语言进行。为此我们已经委派三人前往贝立兹学习，但就在距离开案陈词的原定时间还有十九个小时之际，被告逃往哥伦比亚，在委内瑞拉边境附近一座名为瓜希拉的渔村定居；该地的法庭官方语言为一种鲜有人知的方言，叫做"瓜希洛"。经过几个月的努力，我们得以在此地建立了司法管辖权，但彼时被告已经将居住地转往亚马逊河源头一处实际上与世隔绝的港口，他在那里和一个名为"希瓦罗"的猎头族部落过从甚密。我们将驻玛瑙斯的特约记者派往上游，希望在希瓦罗寻找并雇佣一名土著律师，但是搜寻工作因严重的沟通障碍而受阻。事实上，我们在里约的办事处对此极为担忧，由于当地法院的偏袒，前述玛瑙斯特约记者的遗孀可能会得到一个灾难性的判决，其赔偿金额之巨，恐怕我们的任何一个陪审团都会认为有失公允甚至理智。

的确。但什么叫理智？尤其是在“我们本国”——在这个令人目瞪口呆的尼克松时代。我们都被送上了一次求生幻旅。为六十年代提供动力的速度不复存在。提神药已经过时。这就是蒂姆·利瑞幻旅的致命缺陷。他在美国四处闯荡，推销“知觉扩张”，却从未想过那些过分看重他的人正面临着挂肉钩般严酷的现实。继西点军校和任神职之后，迷幻剂在他眼里肯定是完全合乎逻辑的……但是用不着费太大劲就能看出来，他自己搞砸了，因为他把太多人拉下了水。

倒不是说他们被冤枉了：他们无疑都是自己找上门去的。这些怀着可悲热情的迷幻怪胎，以为三块钱一口的药能买来和平和理解。但他们的失落与失败也是我们的。利瑞所拖垮的，是他有份参与创建的一整套生活方式的幻象核心……终身的跛子、失败的追寻者构成的一代人，永远无法理解迷幻文化骨子里的陈旧神秘主义谬论：不顾一切地假设有人——至少是有种力——在隧道的尽头守护着光明。

天主教会能够存在这么多个世纪，靠的也是这些透着残酷和似是而非的仁慈的屁话。同时它也是军事伦理……

对某种更高级、更智慧的“权威”的盲目信仰。教宗、将军、总理……一直上升到“神”。

披头士和马赫里希[1]交流心事那天，是六十年代一个至关重要的瞬间。那就好比是迪伦去梵蒂冈亲吻教宗的戒指。

先是“古鲁”[2]。这个不行，又回到耶稣。如今，在曼森的原始／本能引领下，全新的一波帮会式公社神明出现了，像主宰《化身报》的梅尔·莱曼[3]，还有办《灵与肉》的那谁。

桑尼·巴杰[4]在这方面始终没开窍，但是他永远也不会知道自己离“地狱王”的重大突破有多近。天使帮在1965年自毁前程，是在奥克兰–伯克利那条线，当时他们本着巴杰的顽固牢头本能，攻击了一场反战游行的前排人士。事后我们知道，那是六十年代青年崛起运动的一次历史性决裂，在学生争取民主社会组织的历史中可以读到这次决裂，后者试图去调停底层／劳动阶层摩托党／退出主流人士和上层／中产阶层、伯克利／学生活动人士的利

---

[1] 马赫里希（Maharishi），印度教导师或精神领袖的称号。

[2] 古鲁（guru），印度教等宗教的宗师或领袖。

[3] 梅尔·莱曼（Mel Lyman，1938—1978），美国音乐人，邪教集团堡山社区的创立者。《化身报》（*The Avatar*）是其创办的地下刊物。

[4] 桑尼·巴杰（Sonny Barger，1938— ），地狱天使摩托俱乐部加州奥克兰分部创始人。

益，这种努力注定失败，它也因而毁掉了自己。

金斯伯格和纪西劝说地狱天使与伯克利的极左派联手未果，在当时的局内人不可能预见到那次失败意味着什么。最终的分裂是在四年后的阿尔塔蒙，不过到那时候大家都早已经明白过来了，只有几个摇滚产业里的蠢货和国家媒体例外。阿尔塔蒙的暴力狂欢不过是问题的戏剧化。现实已经明确；病已入膏肓，运动的能量早已被争先恐后的自我保护冲散。

啊；可怕的胡言乱语。沮丧的回忆和痛苦的闪回，在斯坦延街的时间／雾霭里森然逼近……流亡者得不到慰藉，回头已经没有必要。问题是，一直是，现在……？

我瘫倒在火烈鸟客房的床上，感觉和周边环境有着危险的不协调。有难看的事要发生。我很肯定。这房间看上去很像某种涉及威士忌和大猩猩的灾难性动物学实验现场。十尺高的镜子已经裂了，但还没散开——这是个很不妙的证据，证明那天下午我的律师拿着椰子锤横冲直撞，砸碎镜子和所有灯泡的事。

我们已经给所有的灯换上了西夫韦超市买来的圣诞树红蓝灯泡，但是换掉镜子是完全不可能的。我的律师的床像是一场火灾后的老鼠窝。上半部分已经被烧毁，其他地方塞满了电线和烧焦的东西。幸好，自从周二那场可怕的冲突后，清洁工还没来过房间。

那天清洁工进来的时候，我在睡觉。我们忘记把“请勿打扰”牌子挂出去了……所以她就这么悠闲地走了进来，把我的律师吓了一跳，他当时正光着屁股跪在衣柜里，往自己的鞋里呕吐……他以为自己在卫生间，然后突然探头看见一个长着米基·鲁尼[1]脸的女人正盯着他看，说不出话来，恐惧而困惑地颤抖着。

“她拿着拖把的样子像是握着一把斧子，”他后来说，“所以我是从柜子里这么蹲着跑出来的，一边吐着，直接撞她膝盖上了……纯粹是本能；我以为她要杀我……然后，趁她叫起来的时候，我就把冰袋堵到她嘴上了。”

是的。我记得那声尖叫……这辈子听过的最吓人的声音之一。我醒过来，看见我的律师在我床边的地上跟人拼命扭打着，看起来是个老女人。房间里充斥着强力的电子噪声。电视机正在一个不存在的频道上，发出大音量的嘶嘶声。我勉强能听见那女人被闷住的叫喊，她正奋力想把脸上的冰袋弄开……但力量跟我的律师那肥硕的裸体比起来太悬殊，终于，他在电视机后面的角落里把她给摁住了，

[1] 米基·鲁尼（Mickey Rooney，1920—2014），美国电影演员和艺人。

双手掐着她的喉咙，她样子很可怜，正含混不清地说："求你……求你了……我就是个清洁工，我没别的意思……"

我飞速跳下床，抄起钱包，向她出示了金色的警察慈善协会媒体徽章。

"你被捕了！"我吼道。

"别啊！"她忿忿地说。"我不过是想打扫一下。"

我的律师站起身来，大口喘着气。"她肯定是用了万能钥匙，"我说，"我在衣柜里擦鞋，看见她溜进来——就把她拿下了。"他在颤抖，呕吐物顺着下巴流下来，一看就知道，他清楚眼下这个情况是很严重的。这一次，我们的行为已经越界，不再是私下里的反常。此时此刻，我们俩都赤身裸体，低头看着地上那个惊恐万状的老女人——一个酒店雇员——躺在我们的套房地上，处在突然袭来的恐惧和歇斯底里中。她是一个必须处理掉的问题。

"谁派你来的？"我问她。"谁雇的你？"

"没人派我！"她哀嚎着。"我是清洁工！"

"你在撒谎！"我的律师叫道。"你是冲着证据来的！谁让你上这来的——经理？"

"我给酒店打工的！"她说。"我只管打扫房间。"

我扭头对着我的律师。"这说明他们知道我们有什么了，"我说，"所以他们派这个可怜的老女人来偷。"

"不是！"她叫喊着。"我不知道你们在说什么！"

"放屁！"我的律师说。"你跟他们一样，都是一伙的。"

"哪伙的？"

"贩毒集团，"我说，"你肯定知道这个酒店怎么回事。你以为我们到这来是干什么的？"

她盯着我们看，想说点什么，但是大哭了起来。"我知道你们是警察，"她终于说，"但我以为你们到这里就是来开会的。我发誓！我只是想打扫你们的房间。毒品什么的我完全不知道！"

我的律师笑了。"别啊，宝贝。别跟我说你没听说过格兰奇·高曼。"

"没有！"她喊道。"没有！我向上帝发誓，从来没听过那种东西！"

我的律师好像思考了一下，然后俯下身去，帮老太太站起来。"可能她没说谎，"他对我说，"可能她不是一伙的。"

"不是！我发誓不是！"她号叫着。

"好吧……"我说。"要那样的话，我们可能就不需要把她关起来了……说不定能帮上忙呢。"

"是的！"她热切地说。"我会全力帮你们！我痛恨毒品。"

"我们也是，女士。"我说。

"我看我们应该雇她，"我的律师说，"查一下她的底，然后每个月给她发一笔大的，看她能弄到什么了。”

老女人的脸明显变了。和两个裸体男性说话已经不再令她感到困扰，其中一个人就在刚才还想要掐死她呢。

“你觉得你能行吗？”我问她。

“什么？”

“每天一个电话，”我的律师说，“只要告诉我们你看到了什么。”他拍拍她的肩。“不用管有什么联系。那些是我们的活儿。”

她咧嘴笑了起来。“这个你们能付我钱？”

“那可不，”我说，“但是你要是把今天这事跟人说了，不管跟谁——你就直接进监狱了，这辈子别想出来。”

她点点头。“我能帮上忙的都会帮，”她说，“但是我该给谁打电话？”

“别担心，”我的律师说，“你叫什么？”

“爱丽丝，”她说，“打电话给布草房找爱丽丝就行。”

“我们会跟你联系的，”我说，“大概需要一周时间。但与此同时，你要多留心观察，样子自然些。能做到吗？”

“没问题，长官！”她说。“还会再见到两位先生吗？”她局促地笑着说。“我的意思是，经过这个……”

“不会，”我的律师说，“他们派我们去卡森城了。洛克巡官会跟你联络。阿瑟·洛克。他会伪装成一个政客，不过你应该能认出他来的。”

她好像在紧张地躲避。

“怎么了？”我说。“是不是有什么事你还没告诉我们？”

“噢，没有！”她迅速答道。“我就是在想——钱是谁来给呢？”

“洛克巡官会处理的，”我说，“全部是现金：一千美元，每个月 9 号发。”

“天啊！”她高声说道。“就冲这个我什么都干。”

“有的是想你这样的，”我的律师说，“我们的薪水名册里都有什么人，跟你说了能吓着你——光就这一个酒店。”

她显得很苦恼。“我认得他们吗？”

“有可能，”我说，“但是他们都是卧底。只有发生了什么非常严重的事情，你才会认识他们，他们中有一个会跟你直接联系，用口令。”

“口令是？”她问道。

“‘左手洗右手’，”我说，“一听到这个，你要说：‘我无所畏惧。’这样，他们就认识你了。”

她点点头，把暗号重复了几遍，我们在一旁听着，确保她没记错。

“好，”我的律师说，“暂时就这样。我们可能要等下一次打击的时候才能见到你了。你最好当我们不存在，直到我们离开为止。不用收拾房间了。就午夜准时在门口留一堆毛巾和肥皂就行。”他笑着说。“这样我们就不用担心再发生这种小事故了，对吧？”

她向门口走去。“悉听尊便，两位先生。事情弄成这样，我真是非常抱歉……但是那完全是因为我没意识到。”

我的律师领着她出去。“我们理解的，”他柔声说道，“但是都已经过去了。幸亏还有这些正经人啊。”

她笑着带上门离开了房间。

12

回到马戏-马戏……寻找猿猴……去他的美国梦

在那次奇怪的遭遇之后已经过去了将近七十二个小时，再也没有清洁工踏入房间半步。不知道爱丽丝怎么跟他们说的。此后我们见过她一次，推着一辆洗衣车在停车区慢腾腾地走着，我们刚好开着“鲸鱼”到达，不过没有表露任何认识她的痕迹，她似乎也有默契。

不过这种情况没持续多久。房间里堆满了用过的毛巾；到处都挂满了。卫生间地板上大概铺了六寸厚的肥皂、呕吐物、柚子皮，还掺着些玻璃碴。每次去尿尿我得穿上靴子。污渍斑斑的灰色地毯表面铺着厚厚一层大麻籽，好像整个都变成绿色了。

房间总体有一种腐败的、污秽不堪的小巷子气息，以至于就说成是海特街买来的“生活一角展览”可能也过得去，我们想把这个给其他地方的警察看，让他们领略一下，如果对吸毒者不加以规限，他们能沉沦到怎样污秽而堕落的地步。

但是什么样的吸毒成瘾人士会需要这么多椰子壳和压

榨过的甜瓜皮呢？这么多吃剩的法式薯条也可以用瘾君子来解释吗？写字台上这一滩滩已经变干硬的番茄酱呢？

也许可以吧。但是这些酒又是怎么回事？还有这些从《瑞典婊子》和《卡斯巴群交派对》之类的恶俗杂志剪下来的不堪入目的色情照片，裂开的镜子上抹着厚厚一层芥末酱，已经干成一块黄色的硬皮……这些狂暴的痕迹，这些奇怪的红蓝色灯泡和嵌在墙皮里的一片片碎玻璃……

不行；这些可不是普通的、虔诚的瘾君子会留下的痕迹。这太野蛮、太凶暴了。在这个房间里可以找到自公元 1544 年以来文明人所知的几乎所有毒品被过量摄入的证据。只能把这解释为一种蒙太奇作品，某种夸张的医学展览，通过精心的布置，展现当二十二个严重的吸毒要犯——每个人上瘾的药都不一样——被关押在同一个房间里五天五夜，不予施救，会出现什么情况。

没错。但是，先生们，在真实生活里当然是永远不会出现的。我们只是出于示范的目的把这些整理到一起……

突然电话响了，把我生生从迷迷糊糊的遐想里拽了出来。我看了看电话。铃铃铃铃铃铃铃铃铃……天啊，又怎么了？这回真来了？我好像已经听见经理西姆先生的刺耳声音，说警察正在赶来，请我在他们踹门的时候不要朝门上开枪。

铃铃铃铃铃铃……不对，他们不会先来电话的。一旦他们决定来拿我，可能会在电梯里设下埋伏：先是梅斯，然后一窝蜂压上来。不会提前警告的。

所以我拿起了电话。是我的朋友布鲁斯·英尼斯，从马戏-马戏打来的。他找着我一直在问的卖猿猴的人了。价格是七百五十美元。

“咱们这是碰上什么财迷了？”我说。“昨晚还四百呢。”

“他说他刚发现那猴子的起居是讲规矩的，”布鲁斯说，“昨晚他让它在拖车里睡，这东西居然把屎拉到淋浴间里了。”

“那也不说明什么问题，”我说，“猿是喜欢水的。下次它就拉到水槽里了。”

“要不你过来跟那人当面说，”布鲁斯说，“他跟我在酒吧呢。我跟他说你一直想要养猿，会给它一个很好的家。我估计他会讨价还价。他跟那个臭烘烘的东西是真有感情。它跟我们一起在酒吧呢，坐他妈一张凳子上，往一个大啤酒杯里流口水。”

“行，”我说，“我十分钟后到。别让那个狗东西喝多了。我要在正常情况下跟他谈。”

等我到了马戏-马戏，他们正在正门口把一个老头弄到救护车上。“怎么了？”我问看车的。

“我不太清楚，”他说，“有个人说他中风了。但是我发现他后脑勺都给划开了。”他俯身过来递给我一张票根。“您需要我帮您保存这酒吗？”他问，手上拿着一大杯龙舌兰，是我刚才放车座上的。“需要的话我可以把它放冰箱里。”

我点点头。这些人熟悉我的习惯。我在这地方出入实在太频繁了，跟布鲁斯还有其他乐队成员一起，看车的知道我叫什么——虽然我从来没对他做过自我介绍，也从来没人问过我。我以为这地方就是这么干的；说不定他们还翻了我的汽车杂物箱，找到一本有我的名字的笔记本。

当时我还不知道，真正的原因是我还戴着地检官大会的名牌。它就在我那件彩色猎鸟夹克的衣袋盖上挂着，不过我早就忘了这回事了。他们无疑都以为我是某种极端古怪的卧底警探……或者不是；可能他们是逗我呢，因为他们觉得如果一个人可以疯到装成警察模样手里拿一杯酒开着白色凯迪拉克敞篷车在拉斯维加斯四处晃悠，那这人肯定不是吃素的，甚至可能是个危险人物。但凡有点野心的人都不会表露在外的，在这样的场景里，装成一个混世魔王没什么风险。俯视芸芸众生的高人会明智地冲彼此点点头，口中念叨着“这些没品下三滥的骗子”。

硬币的另一面，是“哎哟喂！那是谁啊？”症状。这种情况通常发生在门卫、领班身上，他们假定所有举止疯狂但小费给得多的肯定是重要人物——也就是说这种人需要哄着，至少要温和对待。

但是当你脑子里全是麦司卡林的时候，是哪一种也就没有分别了。你就只能跌跌撞撞到处走，做出一切看起来挺合理的事情，通常的确是合理的。拉斯维加斯有太多天生的怪胎——脑子真有问题的人——以至毒品其实都不算问题了，只有警察和贩毒团伙会在意。无论白天黑夜随时走进一家赌场都能看到一只大猩猩被钉上十字架——喷着火的霓虹灯十字架突然变成一个五彩转轮，载着那野兽在拥挤的赌场上空疯狂旋转——在这样一个城市，迷幻药几乎就是无关紧要的东西。

我在酒吧找到布鲁斯，但是没见有什么猿猴。“在哪儿呢？”我追问道。“我都准备好开支票了。我要把那狗东西弄上飞机带回家去。我已经定好了两个头等舱位置了——R. 杜克和儿子。”

“把他带上飞机？”

“可不么，”我说，“你觉得他们会有意见？请他们注意一下我儿子的病情？”

他耸耸肩。“别想了，”他说，“他们会直接把他带走的。他刚在这个酒吧袭击了一个老头。那老东西跟酒保唠叨，说‘这种地方怎么允许这些下贱玩意进来’，然后猿猴就尖叫了一声——那老家伙往他身上泼了一杯啤酒，猴子就疯了，像弹跳盒玩具似的从座位上蹦起来，照着老头脑袋就是一大口……酒保只能叫救护车了，然后警察就来了，把猴子带走了。”

“去他妈的，”我说，“保释金多少？我非得弄到那只猿。”

“你冷静点，”他说，“最好别招惹那个监狱。他们光凭这个就能赏你一对镯子。别惦记那猴子了。你不需要他。”

我想了想，觉得他也许是对的。没必要为了一只素昧平生的猿猴把什么都给毁了。就我所知，要是我把他保出来，他也会在我的脑袋上来一口的。他得需要过一阵子才能冷静下来，等他控制住受惊吓的心情，我可没时间等他。

“你什么时候走？”布鲁斯问。

“尽快，”我说，“没什么必要继续待在这里了。我需要的都拿到了。其他的只会让我困惑。”

他看上去有些意外。“你找到美国梦了？”他说。“在这里？”

我点点头。“我们现在就坐在它的命脉上，”我说，“你还记得那个经理跟我们说的故事吗，关于这里的老板？说他小时候想离家出走，进马戏团？”

布鲁斯又要了两个啤酒。他往赌场看了一阵子，然后耸耸肩。“是啊，我懂你的意思了，”他说，“现在这杂种有自己的马戏团了，还有一个盗窃执照。”他点头说道。“你是对的——他是榜样。”

“太对了，”我说，“这是纯粹的霍瑞修·爱尔杰，连他的态度都是。我想跟他聊聊来着，但是有个粗嗓门的男人婆，号称他的行政秘书，说让我滚蛋。她说美国上上下下最招他恨的就是媒体了。”

“他和斯皮罗·阿格纽。”布鲁斯小声说道。

“他俩都是对的，”我说，“我跟那女人说了，他的任何立场我都是赞同的，但她说如果我有自知之明，就应该第一时间离开这座城市，想都别想来打搅老板。‘他恨透了记者，’她说，‘我不想弄得像在警告你，但是如果我是你，我会当这是警告……’”

布鲁斯点点头。老板给他一周一千块的薪水，每晚在猎豹酒廊做两场，另外整个团队再给两千。他们只需要每晚创造两个小时的噪音就行了。老板才他妈不管他们唱什么歌呢，只要拍够重，音量够大，把人引到酒吧里就行。

坐在拉斯维加斯的那个酒吧里，听着布鲁斯唱《芝加哥》和《乡村之歌》之类力道很大的歌，是很奇怪的。要是管理层抽空听听歌词唱些什么，整个乐队已经被涂上沥青粘上羽毛了。

几个月后，在阿斯彭一个俱乐部里，布鲁斯和游客还有一个前宇航员[1]即兴合作，唱的也是这些歌……最后一场结束后，宇航员来到我们桌边，醉醺醺地开始吼各种极端爱国的胡话，还揍了布鲁斯，因为“一个混账加拿大人是吃了豹子胆了，敢到这里来侮辱这个国家”？

“你看啊，”我说，“我是美国人。我在这里生活，我同意他说的每一个字。”

这时候保安露面了，带着　人的笑容说：“晚上好先生们。《易经》说该安静下来了，是吧？任何人都不能打搅这里的音乐家，听清楚了吗？”

宇航员走了，嘴上还阴森森地嘀咕着要利用自己的影响力给移民法规“带来些改变”。“你叫什么？”在被保安带出去前，他问我。

“鲍勃·齐默尔曼，”我说，“非要说的话，这世上我唯独特别讨厌的就是波兰蠢货了。”

“你以为我是波兰佬？”他尖叫道。“你个江湖骗子！你就一泡屎！你不能代表这国家。”

“天呐，但愿可别是你来代表。”布鲁斯低声说

[1] 此处姓名在出版社律师要求下删去。——原注

道。——被架出去一路上还在不停地咆哮。

第二天晚上，在另一家餐馆，完全清醒的宇航员正在狼吞虎咽，一个十四岁男孩走过来跟他要签名。他先是扭扭捏捏了一会，弄得好像挺不好意思似的，然后在男孩递过来的小纸片上大笔一挥签下他的名字。那男孩看了看纸片，把它撕成碎片撒到了他的腿上。“不是谁都迷你的。”他说。然后他回到六英尺外自己的餐桌前坐下。

和宇航员一桌的人都没说话。有八个还是十个人——老婆、经纪人和高级工程师亲信，看起来——正在流光溢彩的阿斯彭享受一段美好时光。可现在，他们的样子就像有人刚放了一个大臭屁。谁都不说话。他们三两下吃完，没留小费就走了。

关于阿斯彭和宇航员就说这么多——在拉斯维加斯根本不会有这种麻烦。

在这座城里，一丁点事情都要经历很久。在拉斯维加斯待上五天，感觉就像过了五年。有人说他们就喜欢这样——但话又说回来，不是还有人说他们喜欢尼克松么。他来做这里的市长会很完美；约翰·米切尔[1]来做治安官，阿格纽掌管下水道。

[1] 约翰·米切尔(John Mitchell，1913—1988)，1969至1972年任美国总检察长。

13

路的尽头……鲸鱼之死……在机场大汗淋漓

我来到百家乐纸牌桌边刚要坐下，保安过来把我给架住了。“你不该来这里，”其中一个保安小声说，“咱们到外边去。”

“为什么啊？”我说。

他们把我弄到了大门外，打手势叫人把“白鲸”开过来。“你的朋友呢？”他们趁着等车的时候问我。

“什么朋友？”

“那个大块头拉美猪。”

“你看，”我说，“我是一个新闻学博士。我不可能跟一个拉美猪一起到这种地方来的。”

他们笑了。“那这是怎么回事？”他们说。他们拿出一张大照片跟我对质，上面是我和我的律师在水上酒吧里坐着。

我耸耸肩。“那不是我，”我说，“那个家伙叫汤普森。他是给《滚石》做事的……是那种非常残忍的疯子。他旁边那人是好莱坞的黑手党杀手。你们到底是研究过这照片没有？什么样的疯子会戴着一只黑手套在拉斯维加斯到处晃悠？”

“我们注意到了，”他们说，“他现在在哪儿？”

我耸耸肩。“他行动很快的，”我说，“他的指令是从圣路易斯来的。”

他们瞪着我。“这些东西你是怎么知道的？”

我掏出我的金色慈善协会勋章，背对着人群朝他们迅速地晃了一下。“装作没事一样，”我小声说，“别把我暴露了。”

他们就一直站那儿，直到我开着“白鲸”离开。那个怪物不早不晚，在合适的时候把车送了过来。我给了他一张五美元钞票，在轮胎发出的一声很有派头的嘶鸣中上路了。

一切都结束了。我开车到对面火烈鸟，把所有行李都装上车。我想把顶篷盖上好有点隐私，但是电机有问题。自从我为了测试防水把这玩意开进米德湖里去后，发动机灯就一直红彤彤地亮着。扫一眼仪表盘可以发现，这车上的所有电路都已经彻底完蛋了。一切都不正常。连大灯都不行——按下空调按钮，能听到发动机盖下面发出可怕的爆炸声。

顶篷升起来一半就卡住了，但是我还是决定试试去机场。要是这堆废铁不好好跑，总归可以扔了它再打车的。

底特律垃圾见鬼去吧。不应该就这么放过他们。

到达机场的时候太阳正在升起。我把白鲸停在了贵宾停车场。一个十五岁左右的小孩给我存了车，但是我拒绝回答他的问题。他对车辆的整体状况很是来劲。“老天爷啊！”他不停地叫着。“这是怎么弄的？”他不停地绕着车走，对各种凹坑、裂口和冲撞痕迹指指点点。

“我知道，”我说，“他们真是把它好好折腾了一遍。在这个城市开敞篷车可真他妈吓人。最厉害的一次是在撒哈拉前面的大道。就是那个很多瘾君子晃悠的地方你知道吧？嘀，他们一下子都发起狂来，我都傻眼了。”

那孩子不是太聪明。他一开始一脸的困惑，现在变成了某种默不做声的恐惧。

“别担心，”我说，“我上了保险的。”我拿出了合同，指着上面那些用小字的条款，上面说一切损坏都是保的，每天只需两美元。

那孩子直到我溜走还在点头。我觉得有点内疚，把那车留给他去对付。那么严重的损坏是根本无法解释的。它已经完了，一堆残骸，彻底报废。通常情况下我会在还车的时候被扣留和逮捕……但是在那么一大早就不会了，只需要对付那么一个小孩。我毕竟还是一个“VIP”。否则他们当初也不会把车租给我……

这就是自作自受，我在急匆匆走进机场时心里想着。现在装出正常的样子还为时过早，所以我窝在一家咖啡馆里，用《洛杉矶时报》挡着脸。走廊尽头有一个点唱机正在放着《多抽了那么一口》。我听了一会，但我的神经末梢已经失去知觉了。此时此刻，我唯一能感受的歌大概是《铃鼓先生》。或者《再次听到孟菲斯布鲁斯》……

"噢噢噢……妈妈……真的就这么完了……" [1]

我的飞机八点起飞，就是说还要再消磨两个钟头。感觉自己现在太惹眼。他们在找我，这在我心里是毫无疑问的；网正在收紧……像个得了狂犬病的动物似的被他们逮住，是迟早的事。

我把所有行李都托运了。只剩下那个皮包，里面全是药。还有点357。这个机场有那种混账金属探测器吗？我在登机口附近晃悠了一会，装作若无其事地找黑匣子。一个也没有。我决定赌一把——直接往门里闯，脸上带个大大的微笑，嘴上小声说着"硬件市场出现大幅滑坡……"之类的话转移注意力。

就是个即将走人的蹩脚推销员而已。全都怪那个王八蛋尼克松。真的。我觉得这时候找个人聊天会显得自然

[1] 鲍勃·迪伦歌曲《困在莫尔比，再次听到孟菲斯布鲁斯》的歌词。

些——那种乘客之间例行公事的拉家常：

“哟呵，朋友！你是不是特想知道我这一身的汗是怎么回事？哈！这个嘛，我的妈呀！你看了今天的报纸没有？……那帮狗东西这次都干了什么，说了你都不信！”

我估计这样应该能盖住了……但是我找不到一个看上去足够安全的聊天对象。感觉这些人好像就等着我一犯错就上来直取我的浮肋，整个机场都是。我非常恐慌……就像个吸脑髓的罪犯在逃避苏格兰场的追捕。

到处都是猪……因为拉斯维加斯机场的那个上午挤满了警察：地检官大会高潮过后的大逃亡。总算把这事想明白后，我觉得我的大脑健康状况改善了很多……

一切好像都准备就绪了。你准备好了吗？好了吗？

有什么不可以的？这是拉斯维加斯格外凶悍的一天。一千个警察正要离开，他们三个、六个一组，在机场里急匆匆走着。他们要回家了。毒品大会结束了。机场休息室很热闹，满是恶毒的话语和肉体。小杯啤酒和血腥玛丽，时不时能见着胸口出疹子的，在厚肩带枪套的腋下绑带下面抹爽身粉。这东西没必要再遮掩下去了。让它都露出来吧……至少透透气。

是的，非常感谢……我感觉裤子上有个扣子崩开了。但愿别落下来。你可不想我裤子掉下来对吧？

那他妈当然了。至少今天不行。不能在这个拉斯维加斯机场，这个闷出一身汗的上午，在麻醉剂与危险药物大会进入尾声的时候。

“当火车……开进站……我望着她的眼睛……”[1]

这个机场的音乐够阴森的。

“是的，很难说，很难说，当你的爱全是徒劳……”[2]

你时不时就会遇上这种日子，一切都成空……从头到尾都是白费劲；你要是有自知之明，这种时候你就应该找个安全的角落窝起来观望。也许可以想想事。靠在廉价木头椅子上，远离来来往往的车流，精明地拉开五罐或八罐百威啤酒的拉环……抽掉一包加长型万宝路，吃一个花生酱三明治，最后到入夜时吞下一把上好的麦司卡林……然后开车出去，晚些时候去海滩。走到浪花里，雾气里，拖着冻得发麻的脚走到离潮位线大约十码的地方……一路踩着成群野生啄沙子的……走地的、嫖妓的，愚蠢的小鸟和螃蟹和吸盐鬼，时不时还能看见远处有个大块头，色色的，或毛茸茸的，拒绝一瘸一拐地走开，在那些沙丘和漂流木

[1] 滚石乐队歌曲《徒劳的爱》（“Love in Vain”）歌词。

[2] 同上。

后面独自溜达着……

这些东西，你永远没机会跟他们正式接触——除非运气太差。但是比起拉斯维加斯机场的一个沸腾的早晨，海滩还是要简单得多。

我感觉自己太惹眼。安非他命错乱？妄想型痴呆？——这是什么？我的阿根廷行李箱？还是我这迈起来一拐一拐的、曾经导致我被海军后备军官训练团拒收的大步子？

的确。“这人永远走不出直线的。上校！因为一条腿比另一条长”……没长多少。八分之三英寸的样子吧，比上校能容忍的限度大概多出了八分之二英寸。

所以我们分道扬镳了。他受命去了南中国海，我成了刚左新闻博士……多年后在拉斯维加斯机场这个可怕的上午消磨着时间，我拿了一份报纸，看到上校被折腾得很惨：

舰船指挥官

在“意外发生”的关岛袭击案中

被原住民残杀

（AOP）——登上美国海军疯马舰：太平洋某海域（9月25日）——这艘美国最新型航空母舰上的3465名官兵今天陷入强烈的哀恸中，包括舰长在内的五名船员在中立港口洪寺与海洛因警察发生殴斗，船员们像菠萝一般被对方剁成了肉酱。黎明时分，随军牧师布鲁尔博士在飞行甲板上主持了一场肃穆的葬礼。第四舰队合唱团演唱了《大拇指汤姆布鲁斯》……而后船钟发出声声鸣响，一名戴兜帽的军官将置于罐中的五位船员的遗骸点燃，而后抛入太平洋，我们只知道这位军官被称为“中校”。

葬礼结束后不久，船员之间发生打斗，与该舰的一切通讯遭到破坏，不知何时能恢复。第四舰队驻关岛总部发言人称，海军对此事“不予置评”，一个由文职专家组成的小组正在展开最高级别的调查，调查组组长为原新奥尔良地区检察官詹姆斯·加里森，军方正在等待此次调查的结果。

……如果报纸上尽是这种东西，为什么还要看它？阿格纽是对的。媒体就是一群恶毒的同性恋组成的黑帮。新闻报道不是一个行当或一门生意。它是为下三滥和怪胎准备的廉价杂货摊—通往人生的屁股的一道假门，一个盛满了尿液的令人作呕的小窟窿，它已经被建筑勘察员封死，但还是足够让酒鬼在路边缩成一团，像动物园笼子里的黑猩猩一样手淫。

14

告别维加斯……‘上帝宽恕你们这些臭猪！’

我鬼鬼祟祟地在机场里走着。我意识到，我还戴着我的警察名牌。是个扁平的橙色矩形，外面包着透明塑封，写着：“劳尔 · 杜克，特别调查员，洛杉矶。”我是在小便池上面的镜子上看到的。

把这处理掉，我心想。撕下来。这趟活儿已经结束了……什么也没证明。至少在我这里没有。我的律师当然也没有——他也有个名牌——但是此刻他正在马里布养他那偏狂妄想的创伤呢。

这是白费时间，是一次无聊的鬼混，事后可以清晰地看到这就是一个卑鄙的借口，为了让一千个警察在拉斯维加斯待上几天，让纳税人买单。谁也没学到什么东西——至少没有新东西。可能就我除外……我这次见识了，全国地区检察官协会落后于残酷的真相大约有十年，我还看到了连带的严峻现实，在这我主嫌恶的 1971 年，他们才刚刚学会管这叫“毒品文化”。

他们仍然在烧着成千上万纳税人的美元，去拍有关

"LSD 的危险性"的电影，众所周知——只有警察还不知道——迷幻剂已经是毒品市场里的斯图贝克[1]；致幻药物的受欢迎程度急剧下降，大多数批发商已经不做高品质的迷幻剂或麦司卡林了，除非是针对有这方面嗜好的特殊客户：主要是年过三十对什么都腻了的半吊子毒品爱好者——比如说我，以及我的律师。

现如今的大市场是定神的药。红中和白粉——西克巴比妥和海洛因——还有数不清的劣质土产叶子，从砷到马用镇静剂，什么东西都敢往上撒。今天最热卖的东西，就是最能搞死你的东西——只管把你的脑子短路了，把里面彻底搅和个底朝天，持续时间越久越好。贫民窟市场已经迅速扩张到城郊。吃眠尔通的已经出人意料地变成了打针的，甚至要打静脉……当年嗑快速丸的怪胎，有一个算一个，全都为了求解脱，偏到白粉上去了，有两百个小孩直接放弃红中改用针筒。快速丸他们根本连试都懒得试。

提神药已经不时兴了。在 1971 年的市场上，甲基苯丙胺几乎跟纯迷幻剂或 DMT 一样罕见。"意识扩张"跟林登·约翰逊一起走了……值得注意的是，从历史上看，定神药则是跟尼克松一块来的。

[1] 斯图贝克（Studebaker）是一家马车、汽车制造商，于 1966 年倒闭。

我一拐一拐地上了飞机，没遇到麻烦，只是其他乘客中间出现了一阵剧烈的骚动……但是那时候我的脑子已经烧得干干净净，就算是光着屁股浑身都是流着脓的硬下疳，我也能毫不在意地爬上去。要想把我弄下飞机，那得使用极端的肢体力量。我早已经不是简单的疲劳，我已经开始惬意地适应了永久性歇斯底里的念头。我觉得哪怕跟乘务员发生一丁点的误会，我都会哭起来，或者发疯……那个女人似乎感觉到了，因为她待我很温柔。

我想给血腥玛丽多加点冰块，她很快就拿来了……我烟抽完了，她从自己手袋里拿了一盒。唯一一次显出紧张，是看到我从包里掏出一个葡萄柚，开始用一把猎刀削起来。我注意到她在密切观察我，所以我努力笑了笑。“我上哪儿都带着葡萄柚，”我说，“真正的好柚子很难找啊——除非你有钱。”

她点点头。

我又冲她摆了一下鬼脸 / 笑脸，但是很难说她心里在想什么。我知道，她完全有可能已经决定，一到丹佛就把我锁在笼子里弄下飞机。我凝神盯了她一阵子，但她控制住了自己。

飞机落到跑道上时，我正在睡觉，但是触地撞击让我立刻醒了过来。我看了看窗外，看到落基山。我他妈到这里来干什么？我心想。这完全没道理。我觉得尽快给我的律师去个电话。让他汇些钱给我，买一只巨型白化杜宾。丹佛是全美被盗杜宾犬的结算所；全国各地的狗都运到这里。

既然已经来了，我心想不如就弄一只凶恶的狗吧。但是，首先要照顾一下我的神经。飞机一落地，我立刻冲出走廊，直奔机场药店，跟营业员要了一盒爱靡儿。

她变得坐立不安，摇晃着脑袋。“不，不行，”她终于说，“这种药我不能卖，除非有处方。”

“我知道，”我说，“但是你看，我是个医生。我不需要处方。”

她还是很焦躁。“那……你得给我看看证件。”她不满地说。

“那当然。”我抽出钱包，一边让她看见我的警徽，一边在钱包里翻，找出了我的“教会打折卡”——上面写着我的身份是神学博士，新真理教牧师。

她仔细检查后把卡片交还给我。我感觉她的举止中多了一层敬意。她的眼神温和起来。看上去她好像想触碰我。“我希望你能原谅我，博士[1]，”她带着甜美的微笑对我说，

[1] “博士”、“医生”在英语中均为 doctor，语义双关。

“但是我只能这么问。这里有些真正的怪物。各种危险的瘾君子。说出来你都不信。”

“没事的，”我说，“我完全能理解。但是我的心脏不好，希望——”

“没问题！”她大声说——一转眼就拿来一打爱靡儿。我付了钱，没有计较什么教会打折。然后我打开盒子，当着她的面直接吸了一管。

“你的心是年轻而健壮的，要感恩，”我说，“如果我是你，我永远也……啊……我操！……怎么？是，抱歉，我得先走了；我感觉它上来了。”我转身蹒跚着朝酒吧的大致方向走去。“上帝宽恕你们这些臭猪！”我对着两个从男厕所走出来的海军陆战队员喊道。

他们看着我，什么也没说。此刻我已经在狂笑了。但起不了什么作用。我不过是又一个心术不正的堕落教士。操，这要是在布朗宫，他们肯定爱死我。我又狠狠吸了一口爱靡儿，此刻我已经走进酒吧，带着满心的欢喜。我感觉自己像一头霍瑞修 · 爱尔杰转世的怪兽……一个行进着的男人，只是因为足够病态而有了满满的信心。

作者生平

"我不喜欢向任何人宣扬毒品、酒精、暴力或疯狂，但这些对我一直都挺管用。"

——亨特 · S. 汤普森

亨特 · 斯托克顿 · 汤普森（又名劳尔 · 杜克）是一个保险工程师的儿子，于 1937 年 7 月 18 日出生在肯塔基。父亲于 1952 年去世后，他的母亲弗吉妮亚 · 雷 · 汤普森（Virginia Ray Thompson）去做了图书馆员，据她说，亨特"从他出生那一刻起就很不好对付"。他是一个聪明的学生，一个有活力、有水平的运动员——他读的是路易斯维尔男子高中，还被该市著名的雅典娜文艺协会吸纳为会员——但在地方当局眼里，汤普森一直是一个刺头。在距离毕业只有几周的时候，他因一项行为不端罪名被捕，被判六十天少管所监禁，后因良好表现得到三十天减刑。（他的博士学位是六十年代邮购来的。）他在出狱后加入空军服役。

十岁那年，汤普森曾为自己创办的四美分油印报纸《南方之星报》（*The Southern Star*）撰写体育报道。在佛罗里达州埃格林空军基地服役期间，他成为基地报纸的体育编辑，他在这份工作上投入了极大的热情。两年后，他光荣退伍，开始作自由撰稿人。然而他最热切的愿望是像他的偶像 F. 司各特 · 菲茨杰拉德、欧内斯特 · 海明威、杰克 · 伦敦和亨利 · 米勒那样，成为一名小说家。在给作家的回忆录《恐惧王国》（*Kingdom of Fear*，2003）撰写的书评中，保罗 · 索鲁（Paul Theroux）说："青年时代的汤普森心中的作者–英雄，都是著名的隐士，声名狼藉的英雄……几乎就是一群逃犯。"这类人物对年轻的亨特产生了巨大影响，在他眼里，一切权威理所当然都是可疑的。在自己的人生和作品中，汤普森一再地表示自己站在局外人和颠覆权威者的一方。"

然而在纽约的新闻编辑室里，他无法抑制自己的反叛精神，1959 年，他因为脚踢一台糖果机被《中城每日记录报》解雇。满不在乎的汤普森发誓要"好好的……就这么照自己想要的方式活"。在 1959 年到 1964 年间，汤普森基本上待在南美。他曾给波多黎各保龄球杂志《体育》(*Sportivo*)写过一段时间稿，在那里完成了一部小说《水母王子》(*Prince Jellyfish*，未出版)，并开始写另一部小说《朗姆酒日记》(*The Rum Diary*，于1997年终得出版)，此外，他还开始为《纽约先驱论坛报》(*New York Herald Tribune*)和《国家观察》(*National Observer*)报道加勒比海地区和拉丁美洲生活不那么美好的一面——水客、妓女等等。这些不畏凶险的报道引起了《国家》(*The Nation*)杂志的凯利·麦克威廉姆斯(Cary McWilliams)的注意，并聘请他去报道在加州大学伯克利分校进行的"言论自由运动"。汤普森在1965年写的一篇关于加州摩托党的文章也是受麦克威廉姆斯的委派。那篇文章给他带来一份报酬丰厚的图书出版合约；《地狱的天使——一个古怪而恐怖的故事》(*Hell's Angels: A Strange and Terrible Saga*)于1966年出版，成为畅销书。

在该书出版两年前，汤普森搬到了旧金山，全心投入到正在这座城市兴起的反文化"嬉皮"运动：他结识了艾伦·金斯伯格等人，和杰弗逊飞船乐队之类的人物有来往，参加了金·纪西的首次麦角酸测试。(在写作《激动人心的酷爱酸实验》[*The Electric Kool-Aid Acid Test*]时，汤姆·沃尔夫使用了汤普森在纪西那拨人中间采到的一些录音。）汤普森的下一本书是突破了体裁界限的杰作《惧恨拉斯维加斯》，最初分成两部分刊载于1971年的《滚石》杂志，本书通过一连串的暴力、毒品与愤世嫉俗的事件，探究了随六十年代的天真与乐观精神一同消逝的嬉皮梦。1971年被视作一个“转折点”：约翰·列侬在之前一年接受《滚石》采访时绝望地坚称“梦已醒。没什么不一样的，除了我已经三十，很多人在留长发；就这些”。汤普森称这本书是“写给六十年代毒品文化的一篇粗鄙的悼文”，是他在“向那个十年致以不情愿的敬意”。

《惧恨拉斯维加斯》透过服用了麻醉药物的第一人称视角，记述了一个疯狂的拉斯维加斯周末，小说、事实、幻想被混为一谈，成为日后为人所知——并被频频效仿——的“刚左”游击新闻报道风格的定义。盖瑞·特鲁德欧（Gary Trudeau）的系列漫画《马虎伯利》（*Doonesbury*）中有一个叫“杜克叔叔”的人物，就“大略”仿照了汤普森的形象——这让作家本人颇为不满。《洛诺的诅咒》（*The Curse of the Lono*，1983）是跟《惧恨拉斯维加斯》一脉相承的夏威夷冒险故事，此后汤普森又出版了三部文集《刚左文稿——猎鲨记》（*Gonzo Papers: The Great Shark Hunt*, 1979）、《猪猡一代》（*Generation of Swine*, 1988）和《无望者之歌》（*Songs of the Doomed*, 1990)。

1968 年，汤普森和当时的共和党总统候选人理查德·尼克松不期而遇——汤普森受邀上了尼克松的竞选大巴，条件是他要承诺“除了足球其他一概不聊”——此事让他产生了参与政事的兴趣。他参加了 1968 年 8 月的芝加哥民主党大会；由于反越战和民权抗议人士与警方发生冲突，大会演变成一场骚乱。尽管持有媒体通行证，汤普森在试图通过一道警方防线时，还是被挥舞着警棍的警察从一个平板玻璃窗推了出去。他称那起事件把他从一名记者变成了“一个冷血革命者”。作为《滚石》的政治记者，他透过民主党竞选团队核心的视角报道了 1972 年尼克松和乔治·麦戈文的争夺：其结果就是无与伦比的《怕与恨：72 年的竞选之路》(*Fear and Loathing: On the Campaign Trail '72*)，被麦戈文誉为“最具价值的竞选书籍”，《纽约时报》则称其为“有史以来最好的竞选书籍”。二十年后，他在足不出户的情况下，积极关注了克林顿的总统竞选过程（他的评述发表在了自己的文集《爽过性爱》[*Better than Sex*] 中——他的一篇发自肺腑的尼克松讣文《他是个老千》也收录于该文集）。

正如“好大夫”所说：“一旦在奇怪的情境下，怪就成了专业。”1970 年，汤普森参与了科罗拉多州皮特金县治安官竞选，尝试亲自夺取政治权力。作为怪胎势力的候选人，他倡导毒品非罪化，将县城阿斯彭市改名为“肥市”。现任治安官是一个理着平头的共和党人，为此汤普森剃了光头，称对方为“我的长发对手”。最终他输了，但让当地人惊愕的是，他选择继续在阿斯彭附近那座修筑了防御工事的猫头鹰农场生活。农场是一个指定枪械俱乐部，吉米·卡特和基思·理查德兹等人去那里打过泥鸽靶。据传他在地下室放了一桶火药。

坊间对汤普森的赞誉，主要集中在1960年代末到1970年代初的几部代表作上，然而他那双冷嘲热讽的利爪，似乎并没有随着年龄增长而钝化。他宣告乔治·W.布什在2000年的“胜利”是“1933年希特勒火烧德国国会大厦、自封德国领袖以来最野蛮的篡权行动”，他经常通过自己的网络体育专栏“嘿乡巴佬”（Hey Rube）斥责布什政府和现代世界的虚伪。“到底是谁在投票给这些没句实话的臭狗屎？”他在2003年这样评价再次入主白宫的人。“他们是我们当中的种族主义者、仇恨贩子——他们是三K党。我要往这帮纳粹嘴里撒泡尿。”

汤普森曾预测2004年的赢家是克里，但他仍然是个有先见之明的政治评论人，一个真正富有新意的文体家，他的文字启发了世界各地的作家、记者和纪录片摄制者

（没有亨特何来迈克尔·摩尔 [Michael Moore]？）。“汤普森的文风张牙舞爪，”犯罪小说家、名厨安瑟尼·波登（Anthony Bourdain）说，“不只让我看到一种全新的观看和思考方式……一种全新的生活方式。我全身心地接受了博士的熏陶，对耸动、夸张、华丽的意象和残损的浪漫主义燃起久不平息的热爱——至今在我的行文里还可以明显看出来。”

汤普森于 2005 年 2 月在科罗拉多家中自杀身亡。

本书的诞生

亨特·S. 汤普森的第一本书《地狱的天使——一个古怪而恐怖的故事》，是在跟踪采访加州最凶悍的摩托党一年后写作的，取得了巨大成功。（那书呆子气十足的副标题仿的是 F. 司各特·菲茨杰拉德书中的一段话：作为一个立志成为小说家的年轻人，汤普森在二十来岁的时候曾反复在打字机上敲打着《了不起的盖茨比》中的段落，希望能吸收他的笔下人物的风格韵味。）这本书在 1966 年 12 月出版，第一年就印了五十万册。对于下一本书，汤普森提出以一场对美军参谋长联席会议发起的残酷起诉为出发点，推演至对美国梦之死的大反思。他在 1968 年与兰登书屋和巴兰坦出版社（Ballantine）签约。在《地狱的天使》编辑吉姆·希尔博曼（Jim Silberman）的耐心支持下，接下来的两年里，汤普森努力把这个充满感情但无疑有些松垮的想法发展成有条理的作品。最终，书本身几乎没什么进展，但它的主题线索，也就是他所说的“这个叫美国梦的玩意的死亡”，将成为这一时期的文章的基础——彼时他本人也在芝加哥民主党大会上遭到警察攻击，眼睁睁看着越南战争如常进行，嬉皮理想崩塌，理查德·尼克松成为白宫主人。

跟《惧恨拉斯维加斯》这样的作品比起来，汤普森本人在《地狱的天使》中的直接参与，已经是一种相当收敛的在场，然而他认为，这种参与，这种在他看来和传统新闻报道的“假冒客观性”背道而驰的主观性，成了将全书结为一体的线索。在为这本关于美国梦的书搜寻素材、构思布局的过程中，汤普森的“刚左”写作形式开始显露端倪。具体而言，他为《斯坎兰月刊》(*Scanlan's Monthly*)的沃伦·辛克尔(Warren Hinckle)写作的文章，是这种风格真正成形的时候。(“太热闹了，哥们。”汤姆·沃尔夫在1971年2月写给作家的信中这样形容他给《斯坎兰》写的文章。)在为《斯坎兰》写的一篇关于老家肯塔基州德比赛马会的文章中，他使用了插画，那是他和英格兰插画家拉尔夫·斯蒂德曼(Ralph Steadman)的初次合作。由于汤普森的首选漫画家派特·奥利芬特(Pat Oliphant)另有安排，杂志社派来了在《侦探》(*Private Eye*)杂志上发表过作品的斯蒂德曼。结果证明这位画家是理想的创作衬托，在根据汤普森的粗糙笔记整理而成的最终文稿《肯塔基德比颓废而堕落》中，斯蒂尔曼在动态第一人称视角下被描绘成了“万事通”，追随着他这个喝着薄荷茱莉普的“费雷亚斯·福格”。（“由被胁迫的亨特·S. 汤普森撰稿”和“由拉尔夫·斯蒂尔曼用眉笔和唇膏绘画”，文章用了这样两个完全可以想象的署名。）后来要在《滚石》杂志上发表《惧恨拉斯维加斯》时，汤普森坚持由斯蒂尔曼绘制插图，他对自己的编辑吉姆·希尔博曼说：“据我所知他是唯一理解刚左新闻观念的插画师。”

不幸的是，《斯坎兰》倒闭了，刷爆了整整一张美国运通卡的汤普森无处报销开支，还欠着国税局的巨额税款。在杂志社关门之际，他正准备给他们写一篇文章，报道在被洛杉矶警方扣押期间“意外死亡”的墨西哥裔记者鲁本·萨拉扎（Ruben Salazar），此人跟汤普森的朋友“泽塔”奥斯卡·阿科斯塔（Oscar “Zeta” Acosta）有来往，后者是一名律师、编剧、活动人士、好交际的毒品狂魔。（阿科斯塔本人于 1977 年神秘地死在墨西哥。）后来文章被《滚石》相中，亨特是从 1970 年 7 月开始为这本杂志撰稿的——据创刊编辑简·维恩纳（Jann Wenner）在杂志创办二十周年时的回忆，汤普森第一次到访《滚石》办公室时戴着泡泡卷假发，手里提着半打啤酒。

1971 年春完成了给《滚石》的萨拉扎报道后，手头拮据的作家拿到了《体育画刊》的一个二百五十美元约稿，要报道在内华达州举行的“名特 400”摩托车赛。他邀请阿科斯塔跟他一起去。按照约定，汤普森需要交一篇一千五百词上下的稿——这个字数多年来或高或低有过很多版本。他最终交了一篇将近一万五千字的稿件。《体育画刊》当即予以否决。“[总]有一天，”潦倒的汤普森对编辑汤姆·范德尔施密特（Tom Vanderschmidt）说，“你们会发现你们的[电话]催发了一只奇幻大蘑菇的生长……等你见到最后那个大火球，别忘了，这都是你的错。”此言非虚，因为在拉斯维加斯，汤普森终于撞见了美国梦。他把拉斯维加斯稿件第一部分的初稿发给了汤姆·沃尔夫，并对这位作家同仁说，稿子是在“一场彻夜饮酒吸毒的狂欢中”挥洒而就的，此后再在帕萨迪纳的一家汽车旅馆里逐字敲打到纸上。然而在 1971 年 6 月写给希尔博曼的信中，汤普森透露在写作《惧恨拉斯维加斯》最初部分时没有吸毒。事实上他在“非常有意识地企图模仿用药后的惶恐……”他抗议道，“我没有真的去编造任何东西——不过我的确把来自其他场景的情境和感受搬进了眼前的现实。”他要求希尔博曼不要把他在那个周末吸毒的事情说出去。正如他后来在《猎鲨记》里所坚持的，毕竟“只有一个彻底的疯子才会去写这么一个东西，还号称都是真的”。（“我还没见过什么毒品能让一个人飞到坐在桌前写作的地步，”他在 1989 年如是说。）

无论真实还是虚构，用药还是清醒，结果都是“15,000 词的荒唐言”。这篇“怪诞的维加斯幻想”的最初二十来页喧嚣文字，得到了《滚石》的维纳尔的认可，决定予以发表。1971 年 4 月 25 日，汤普森和阿科斯塔回到拉斯维加斯参加区检察官毒品大会，为下一篇《滚石》稿件以及一本小书收集素材。由劳尔·杜克撰文、拉尔夫·斯蒂尔曼绘画的《惧恨拉斯维加斯》，首次发表于 1971 年 11 月 11 日和 25 日的《滚石》杂志。被虚构为“三百磅的萨摩亚律师”的阿科斯塔通过法律途径表达了异议，但书还是于第二年顺利出版，一直到今天仍未绝版。他的朋友、小说家威廉·肯尼迪（William Kennedy）在 1998 年撰文称，本书是“过去三十年间最逗趣、最原创的书之一”。1999 年兰登书屋推出极具影响力的“现代图书馆系列”——《惧恨拉斯维加斯》与《我弥留之际》和《太阳照常升起》等书一起，被奉为美国文学正典。